スープ屋しずくの
謎解き朝ごはん

友井 羊

宝島社
文庫

宝島社

目次

スープ屋しずくの謎解き朝ごはん

第一話

嘘つきなボン・ファム

1

降りるはずの駅が遠ざかっていくのを、地下鉄の車内の窓越しに眺めた。

出社時間より早く出勤しようと考え、理恵《りえ》は一時間以上早い電車に乗り込んだ。けれど眠気で頭が働かず、気がついたら降りるはずの駅の扉が閉まっていた。

隣の駅のホームで降りると、逆方向の電車が発進した直後だった。次の電車が来るまで間があったので、理恵は地上に出ることにする。せっかくの早起きを無駄にしてしまった。

会社のあるオフィス街一帯には地下鉄網が張り巡らされていて、隣の駅からでも勤務先まで徒歩圏内だった。折り返しの電車を待つより歩くほうが早いはずだとため息をつく。

十月に入り、街路樹の葉がかすかに色づきはじめていた。真新しいビルが立ち並び、スーツ姿の会社員たちがまばらに歩いている。まだ六時台なのに誰もが忙しそうにしていた。

会社の位置を頭に思い浮かべ、細い路地に入る。仕事柄、周辺の地図は記憶してあった。ビルの合間は日陰で薄暗く、人通りは少なかった。配送中の中型トラックが前方からきたので、道の端に寄って通過するのを待った。

歩いている最中、スモークの貼られたビルの窓ガラスに、姿見のように理恵の全身が映った。

ダークブラウンの髪をバレッタで簡単にまとめ、ネイビーのジャケットに、グレーのタイトスカートのOLが、疲れた顔をしてこちらを見つめている。もうすぐ三十歳になる奥谷《おくたに》理恵の顔は隈《くま》が目立っていた。目の下の皮膚《ひふ》が薄く、寝不足になるとすぐ黒くなるのだ。

再びため息をつこうと小さく息を吸い込んだ。

その時、鼻孔《びこう》に芳《こう》ばしい香りが飛び込んできた。

「いい匂《にお》い……」

外壁パネルの輝く高層ビルに挟まれ、小さな四階建てのビルが建っていた。長く風雨に晒《さら》されたのかコンクリートが変色して黄ばんでいる。しかし一階部分だけは改装が済んでいるようで、レンガ調のタイルで飾られていた。

木製の看板に記された『スープ屋しずく』という店名に覚えがあった。理恵が勤務先で作っているフリーペーパー「イルミナ」にクーポンを掲載しているはずだ。もっとも理恵の担当は隣駅周辺の繁華街なので、店を訪れたことはない。

店先には鉢植えやプランターが並び、バジルやローズマリーなどのハーブや小さなオリーブの木が育てられていた。

「……あれ？」

木製のドアにＯＰＥＮと書かれたプレートが掲げられてある。気になって近づくと、よく煮込まれたお肉の匂いが胃を刺激してきた。起きてから何も食べていないため、理恵は思わず空っぽの胃を押さえた。仕込みの最中なら人がいるはずだが、窓ガラスが曇っていて店内はよく見えなかった。開いていないなら、看板はＣＬＯＳＥＤにしたほうがよいだろう。お節介かもしれないが会社の顧客なのだから、声をかけようと理恵は考えた。

レバーに手をかけると、ドアはすんなりと開いた。引くとベルが鳴り、ブイヨンの香りが室内から溢《あふ》れ出てきた。

「おはようございます、いらっしゃいませ」

「えっと、おはようございます。看板がＯＰＥＮになっていますが……」

入って左手に四人掛けのテーブル席が三つ並んでいて、向かいにカウンターがあった。カウンターの向こうにいる男性が、理恵に穏やかな微笑《ほほえ》みを送っていた。

「はい、営業していますよ」

静かで柔らかい、ささやくような響きなのによく通る不思議な声だった。

犬みたいな人。初対面の相手に失礼だが、第一印象はそれだった。昔飼っていた柴《しば》犬《いぬ》に似ていたのだ。顔立ちは凛々《りり》しいのに、妙に人懐っこい瞳で見つめてくる愛犬によく似ていた。

店内は十坪くらいの広さで、壁は白色の漆喰《しっくい》で固められている。床や柱、テーブルなどの木材を使用した箇所は落ち着いたダークブラウンで統一され、綺麗《きれい》に片付いたリビングのような雰囲気だった。

「ランチとディナーがメインの営業時間ですが、朝六時半から二時間ほどの間も店を開けています。ただしメニューは一種類になります」

男性が店の奥に顔を向けたので、理恵は目線を追いかけた。奥の壁にブラックボードが掲げてあり『本日の朝のスープ……ジャガ芋とクレソンのポタージュ』と書かれてあった。店内に充ちる香りの正体はこれだったのだろう。

「食べていかれますか？」

仕事に向かわなくてはいけないのに、足が動こうとしなかった。気づかぬ内に口の中に涎《よだれ》が溜まっていた。出社まで一時間近く余裕があることも決め手になった。本来なら仕事をするべきだが、食欲には抗《あらが》えそうになかった。

「お願いします」

「承《うけたまわ》りました」

理恵がカウンターに座ると、柴犬のような男性がおしぼりを渡してくれた。服装は白いリネンのシャツと茶色のコットンパンツ、黒のエプロンという組み合わせだ。胸元にネームプレートがあり、店長という文字と麻野《あさの》という名前が記されてあった。

驚いたことに、パンとドリンクがフリーだった。

「朝営業は私だけなこともあり、セルフサービスにさせてもらっています。パンもドリンクも、あちらから好きなだけ召し上がってください」

ドリンクコーナーは、カウンターの出入り口に近い一画に設置してあった。コーヒーや紅茶だけでなく、ルイボスティーやオレンジジュースまで揃《そろ》っている。ホットコーヒーをなみなみと注《そそ》ぐとカップから香ばしさが立ち上った。

隣に大きめの篭《かご》が一つ置いてあり、こんがりと焼き上げられたパンが盛られていた。カットされたフランスパンや黒パンなどがある中、理恵は柔らかそうな丸パンを選んだ。小さな皿に二つのせ、コーヒーと一緒に運んでテーブル席に腰を下ろした。

「いただきます」

理恵はまずコーヒーを一口含んだ。豆を挽《ひ》いて淹《い》れたコーヒーのようで、すっきりとした酸味と抑えめの苦味は朝にぴったりだ。パンは素朴な味わいで、余計なものが入っていない感じがした。

「お待たせしました。ジャガ芋とクレソンのポタージュです」

麻野が丁寧な手つきで、皿をテーブルに置いてくれた。

鮮やかな緑色のポタージュが白磁の深皿に映え、小さく千切られたクレソンが表面に散らされている。金属製のスプーンを差し入れると、鮮烈なクレソンの香りが立ち上った。理恵は早速とろみのついたスープを口に含む。舌に残るざらつきがなく、すっと舌を滑り、喉《のど》を通っていった。

「美味《おい》しい……」

思わず声が漏れていた。まずジャガ芋のコクのある甘みを感じ、次に、ぴりっとした辛さが特徴の葉野菜であるクレソンをサラダで食べたような新鮮な辛味と苦味を味わえた。ベースはチキンブイヨンだろうか。野菜の味わいをしっかり支えていた。

理恵は職業柄、様々な飲食店で食事をする。だがこれまでのどんな店よりも感動的な味だった。

「すごいです。どうしてこんなにクレソンの香りが鮮烈なんでしょう」

カウンターの向こうにいる麻野に声をかけると、嬉しそうに目を細めた。

「ありがとうございます。まずクレソンの茎とジャガ芋でポタージュを仕立て、生のクレソンの葉のペーストを濾《こ》したものを最後に加えました」

「なるほど。だから風味がはっきり表れているのですね」

店内奥のブラックボードには、本日のスープの但し書きが記されてあった。それによると、クレソンにはミネラルやビタミンが多く、強壮作用、貧血予防の改善が期待出来るらしい。

話を聞きながら、スプーンを動かす手が止まらない。味の良さも素晴らしいが、なめらかな口当たりが嬉しかった。食べることを億劫に感じている今の理恵でも、するすると喉を通っていく。

理恵は忙しくなるとまともに食事を摂れなくなり、一日一食だけになることも珍しくない。そうなると、食事をコンビニ弁当や栄養補助食品だけで済ませてしまうことになる。

食が進んだことでパンにも手が伸び、二つめも食べることにした。行儀は悪いが、最後には切れ端で皿を拭《ふ》き取って口に放り込んだ。

「ご馳走《ちそう》さまでした」

満腹になった理恵は小さく息をつき、食べることの喜びをひさしぶりに実感していた。スープが体に染み渡り、力に変わってくれるような気がした。

理恵は食事の手を止め、一旦立ち上がった。理恵以外の客はおらず、音楽も流れていない。麻野の動かす包丁の音だけが店内に響いていた。

理恵はドリンクコーナーへ行き、ルイボスティーを新しいカップに注いだ。その後に、レジ前にあったショップカードを手に取る。カードには店の名前がシンプルにデザインされていて、電話番号や住所、営業時間などの情報が記されていた。

ランチタイムは十一時半から二時半までで、ディナータイムは六時から二十二時までだった。朝営業の情報は書かれていない。フリーペーパーの店舗の紹介欄にも記載されていないはずだ。理恵は自分の席に戻った。

「朝の営業は宣伝していないのですか？」

「朝はのんびり営業しています。同時に仕込みもしていますので、忙しくなると手が回りませんし」

麻野は手早く人参《にんじん》の皮を剝《む》きながら答えた。これだけ素晴らしいスープなら、朝営業も必ず繁盛するはずだ。宣伝しないという麻野の方針を、勿体《もったい》ないと思った。イルミナにはクーポン以外にもコラムのコーナーがあるので、是非《ぜひ》そこで紹介したかった。きっと朝営業をするに当たって、麻野なりの理由があったはずだ。それをコラムに書けば面白い記事になるに違いない。

いつの間にか仕事のことを考えている自分に気づき、理恵は自嘲気味に笑った。そして仕事のことを思い出した途端、ある問題が脳裏に浮かび上がった。

胃に違和感を覚え、理恵はへその辺りをそっと撫でた。

「……あれ？」

その直後、理恵は視界に人影がよぎったことに気づいた。

カウンターの奥に厨房があり、厨房に入る手前の壁に扉があった。そこがわずかに開き、女の子が店を覗《のぞ》き込んでいたのだ。だがドアはすぐに閉まった。麻野に聞こうかと思ったが、プライベートなことだと思ったのでやめておいた。

理恵は出社時間が近づいていることに気づいた。会計をお願いすると、麻野は洗った手をタオルで拭いてからやってきた。

「とても美味しかったです。また来ますね」

「ありがとうございました。是非いらしてください」

お世辞ではなく、本当に再び訪れたいと思った。丁寧に頭を下げる麻野に、理恵は笑顔で会釈を返す。

しかし外の道路を一歩踏みしめた直後、暗い気分が蘇《よみがえ》った。

職場には仕事が山積みになっているが、急げば何とかなる程度の分量だ。だがそれ以外に理恵を憂鬱《ゆううつ》にさせる理由があった。だからこそ早めに出社し、誰もいない環境で仕事に取り組みたかったのだ。

胃を重く感じ、立ち止まって大きく息を吐いた。理恵は昨日、職場で化粧ポーチを紛失した。状況から見て、同僚の誰かが持ち去った以外に考えられなかった。

理恵が製作するフリーペーパー「イルミナ」は飲食店や美容院のクーポンをはじめ、新規店の情報、コラムなどを掲載した無料の小冊子だ。オフィスや飲食店が密集するターミナル駅を中心とした徒歩三十分圏内が対象地域で、二十代から三十代の女性を主なターゲットにしている。

理恵はデザインの専門学校で学んだ経験を活《い》かそうと思い、広告を扱う今の職場に入社した。最初は企業向けのパンフレットなどのデザインを手がけていたが、三年半前にフリーペーパーを作る今の部署に配属された。それ以来レイアウトデザイン以外にも営業、編集作業、ライティング、写真撮影など冊子を作るために必要なあらゆる仕事をこなしていた。

昨夜、理恵は二十時前に仕事の区切りをつけ、帰り支度を整えはじめた。本来なら忙しくない時期で、遅くても十九時には帰れるはずだった。しかしここ数日仕事が押したせいで残業が続き、理恵が帰る時点で同じ部署で働く四人全員が残っていた。十九時半開始を予定していた、学生時代の友人との女子会と称した飲み会はもうはじまっていた。

飲み会前に簡単なメイク直しをするため、理恵はバッグから化粧ポーチを取り出した。グリーンの水玉模様が可愛いお気に入りの品だった。

イルミナ編集部は、フロアの奥にあるパーティションで区切られた一角に設置されていた。そのため廊下にある化粧室に向かうには、他部署を横切る必要があった。

パーティションから出ようとしたところで、隣の部署の人間と目が合った。眉を八の字にしながら小さく手招きしている。理恵はパーティションの出入り口付近にある誰も使っていないデスクにポーチを置き、その社員の席に近づいていった。

「どうしたの？」

手招きしていたのは入社したばかりの男性社員で、弱々しそうな表情で瞳を潤ませていた。隣の部署に残っているのは彼一人だった。

「急にすみません。どうしても助けてほしいことが……」

相談内容は企画書のレイアウトで、先月の会議で資料が見にくいと先輩から小言を受けたらしい。見やすい紙面を考えることなら専門分野だが、用事があるので断りたかった。しかし今にも泣き出しそうな表情を向けられ、仕方なく指導することにした。

ディスプレイを指さしながら指示をしていくと、まず直属の上司である今野布美子《こんのふみこ》が、次に同僚の井野克夫《いのかつお》がブースから出て行くのが見えた。自分の方が先に帰ってていたはずなのに、と理恵は小さな苛立ちを感じた。

教え終わると、二十時を過ぎていた。資料の出来はわからないが、レイアウトには満足したらしい。手を加える前と比べて格段に見やすくなっているので、これで怒られたらあとは内容の問題だ。

「私はそろそろ行くよ。会議がんばってね」

「ありがとうございます。これで先輩を見返せます！」

理恵は男性社員の素直な姿に「頼られるのも悪くないな」と気持ちを切り替える。ポーチを取りに戻ろうとすると、長谷部伊予《はせべいよ》がパーティションの内側から出てくるところだった。

「お疲れさま」

伊予は入社半年の新人社員で、部署で最年少の二十三歳だ。愛想が良くて仕事にも熱心だが、うっかりミスが多いのが難点だった。

「……先輩、まだ帰っていなかったんですね」

「ちょっとした仕事が出来てね」

なぜか、伊予の口調が冷たいような気がした。出入り口脇にある無人のデスクに目を遣《や》ると、化粧ポーチがないことに気づいた。

「あれ？　ここにポーチを置いていたんだけど、知らないかな」

「ポーチって前から使ってた緑色のやつですよね」

「うん、それだよ」

伊予の声はなぜか普段より低く、理恵は気になりつつもうなずいた。

「……知りません」

伊予は素っ気ない態度で足早に立ち去ってしまった。伊予は普段人懐っこい性格で、理恵は日頃との違いに言葉をなくす。

だがまずはポーチを探すことを優先することにした。デスクの周辺を探すが見つからず、次に自分の席や通勤カバンを調べるが発見出来なかった。

「どこにあるんだろう……」

パーティションで仕切られているため、後輩の男性社員の仕事を手伝っていた位置からポーチを置いたデスクは見えなかった。そもそも、現在同じフロアで残業をしていたのは、イルミナ編集部と新人の男性社員だけだった。

つまり同僚の誰かが持ち去った以外に考えられなかった。

しかし理恵は頭を横に振り、疑念を払う。その後時間をかけて何度も探すが、結局見つけられなかった。

ポーチがなければメイク直しも出来ない。あきらめた時点で二十一時近くになっていた。飲み会に顔を出すだけの時間も、気持ちの余裕もなくなっていた。友人にメールで不参加を知らせ、理恵は自宅に帰ることにした。

一人暮らしのワンルームマンションまでは、会社から一度の乗り換えと徒歩を合わせて四十分かかる。ポーチのことが心に引っかかり、夕飯は食べる気が起きなかった。シャワーを浴びた後にテレビをぼんやり眺めていたら、いつの間にか零時近くになっていた。

布団に入ったものの、なかなか寝つけない。ポーチの行方が頭から離れなかった。

両親が海外旅行をした際に、理恵が買ってきてほしいとお願いした海外店舗限定のブランド品だった。お金は自分で出したし商品も指定したけれど、親に購入してきてもらった物だけあって、格別の思い入れがあった。

さらに購入からしばらくしてネット検索したところ、定価の五倍で取引されていることが判明した。ハリウッド女優が使ったことで人気が跳ね上がったらしい。試しに今夜もインターネットで検索したところ、現在も同じ値段を維持していた。

明日、同僚たちに聞いてみよう。手違いで持って帰ったのかもしれない。そう決心したものの、眠気は訪れない。じんわりと胃の痛みを感じ、お腹を手でさすった。

断続的に浅い眠りに落ちながら、アラームよりも一時間も早く目が覚めた。そのまま普段より早く出社することに決め、ぼんやりとした頭で家を出る。その結果、理恵は電車で降りそこね、しずくで朝食をとることになった。

2

エレベーターの表示が4に近づいていく。腕時計の針は始業の十五分前を指していた。扉が開くと、いつもの会社の匂いがした。自分の部署に向かいながら、小さく深呼吸をする。インクや紙、電化製品の梱包材などのにおいが入り混じった会社独特の空気だ。

「奥谷先輩、おはようございます！」

「おはよう」

昨晩アドバイスをした新人社員が挨拶《あいさつ》をしてくれた。フロアにはまだ彼しかいなかった。パーティションの横を通過し、自分の席に向かう。

「えっ」

紛失したはずのポーチが理恵のデスクの上に置いてあった。

恐るおそる手に取り中身を検《あらた》めると、使い慣れたメイク道具が入っていた。底面には以前落とした際につけた小さな傷があった。理恵の物で間違いなく、盗まれた道具もないようだ。

茫然としていると、伊予が出社してくるのが見えた。理恵は思わずポーチを隠した。

「おはよう、長谷部さん」

挨拶をすると、伊予は理恵を睨《にら》んできた。突然のことに戸惑い、理恵は固まってしまう。伊予は軽く会釈をしただけで、真っ直ぐ自分の席に向かった。昨夜の別れ際も似たような態度だったが、そんなことをされる心当たりはない。伊予に何かあったのか聞くべきか迷っていたら、上司である今野布美子が姿を現した。

「おはよう」

　急に、空気が重くなったような気がした。

　布美子はイルミナの編集長で、理恵の直属の上司だ。現在三十七歳の独身で、会社では最年長の女性正社員になる。中肉中背で地味な顔立ちをしていて、メイクも大人《おとな》しめだった。

　布美子は席につくとすぐに伊予へ顔を向けた。

「長谷部さん、昨日もらった原稿だけど、これじゃ載せられないわ」

「えっ」

「この居酒屋は結局、何を売る店なの？　雰囲気か値段か料理の味か、特色は店によって異なるでしょう。でもこの記事ではそれが見えてこない。ただ料理の写真と説明を載せただけでは魅力が伝わらないわ。ちゃんとお店の人と打ち合わせした？」

　布美子が机に原稿を叩《たた》きつける。

「それにこの文章は酷いわ。あなた、大学を卒業したんでしょう。中学校レベルの文法さえ守れてない。最初から全部やり直して。いつまでも新人気分でいられたら周りが迷惑よ」

「……すみません」

　伊予が布美子から原稿を受け取り、自分の席に戻っていく。以前から厳しい上司だったが、ここ数日は言動に棘《とげ》があった。

そこに編集部で唯一の男性である井野が、暗い顔で出社してくる。挨拶を口にしたようだが、ほとんど聞こえなかった。そこにすかさず布美子の注意が飛んできた。

「挨拶くらいちゃんとしなさい」

「……おはようございます」

井野が沈んだ声で応《こた》える。井野は理恵の三歳年下で、適度な気配りが社内外の女性からも評判のよい爽やかな好青年のはずだった。それがここ最近、常に沈んだ表情をしていた。

布美子は眉間《みけん》にしわを寄せ、伊予の提出した他の書類に目を通しはじめた。布美子が小さく舌打ちをすると、伊予がびくりと体を強《こわ》ばらせた。井野は起動中のパソコンを、何もせずぼんやりと眺めている。

理恵が同僚たちの様子をうかがうと、伊予と目が合い、今度もまた睨まれてしまう。

井野は職場のムードメーカーで、布美子は元々仕事に厳しかったけれどここまで辛《しん》辣《らつ》ではなかった。二人とも、一週間程前から急に態度がおかしくなりはじめた。それに加え、伊予の態度まで変わってしまった。

どうしてこんなに職場の雰囲気が険悪になっているのだろう。理由がわからず、理恵はため息をついた。

イルミナは月刊誌で、毎月二十五日に発刊となる。校了は月の半ばで、毎月その日に向けて徐々に忙しくなる。今日は第一週の週末にあたり、通常なら来週から本格的に残業が増えはじめるはずだった。

「井野くん、井野くんってば」

ぼんやりしている井野に声をかけるが返事がなく、肩を揺すってようやく反応があった。

「……何でしょう」

「例の資料、集めておいてくれたかな。井野くんが担当だったよね」

「えっと」

井野は心ここにあらずといった様子だ。

「忘年会で女性が飲みたいドリンクのランキングよ。今日の居酒屋への営業で提案するって、前の会議で決まったでしょ」

井野が慌てた様子で目を見開き、背筋を伸ばしながら腕時計に目をやった。理恵も壁際の時計に目を遣ると、針は十五時を示していた。

「すみません、忘れてました。今から……、えっと、これから外回りなんですが、その後でいいですか」

理恵がじっと目を見つめると、井野は視線を泳がせた。

「いいわ。私がやっておく」

「すみません」

井野は顔を伏せたまま、バッグ片手に会社を出て行った。今の井野に任せても完成の見通しが立たないため、自分で終わらせたほうが仕事の段取りをつけることが出来る。その分残業が増えるが、仕方ないことだとあきらめた。

理恵が自分のデスクに戻ると、布美子の粘着質な声が耳に届いた。

「イルミナのコンセプトは地域の発展なのよ。そのためには店舗が利益を上げ、利用客も得だと満足するようなクーポンを掲載しなくちゃいけない。こんな中途半端なプランじゃお客様は誰も来ないわ」

伊予が再提出した原稿も不採用だったらしく、布美子の小言は五分以上続いた。解放された伊予は席へ戻らず部屋を出て行く。しばらく戻らないので、様子を見に行くため廊下に出ると、伊予がトイレから出てくるところだった。

伊予が目の周りを赤くさせていたので、理恵は心配になって声をかけた。

「あまり気に病まないようにね。近ごろの今野さんは言葉がきついから」

「あたしが力不足なだけです」

伊予の口調は相変わらずぶっきらぼうで、目線を合わせずに職場へ戻ろうとする。

「あのさ、何か気に障るようなこと、したかな」

横を通り過ぎたところで声をかけると、伊予が突然睨みつけてきた。理恵がうろたえていると、伊予は目を伏せた。

「……井野さんに聞けばいいんじゃないですか」

「どういうこと？」

聞き返すが伊予は返事をせず、背中を向けて去っていった。

追いかけてデスクに戻ると、伊予はバッグに手をかけていた。ホワイトボードに外回りと書き、逃げるように部署を出て行った。職場に理恵と布美子だけが残される。しかしすぐに布美子も印刷会社との打ち合わせで外出し、理恵は一人きりになった。

誰もいなくなった職場で、理恵は仕方なくパソコンに向き合った。

現在手がけている焼肉店の広告記事をディスプレイに表示させる。一ページ全て使ったクーポン記事のデザインの仕事だ。通常はページの九分の一や六分の一、大きくても三分の一サイズの記事が多いので、ページ丸ごと買ってくれるクライアントは貴重だった。

デザインの大半は他部署か外注のデザイナーに任せており、編集部内の人員が担当することはなかった。しかし理恵は、専門学校や前にいた部署で培《つちか》った経験と技術があるため、部内で唯一デザインの仕事を行うことが出来た。

そのため以前、校了間際の時間がない時に、理恵が最終的なデザイン調整を全て担当したことがあった。焼肉店の店長は要望が多く、デザイナーに回していたら到底間に合わなかったのだ。その際の応対が店長に気に入られたらしく、以後は「ぜひ理恵にデザインを」と頼まれていたのだった。

理恵としてはそのほうが細かな修正依頼にすぐ対応出来るし、会社としてもデザイナーに頼むより経費がかからない。問題があるとすれば、理恵の負担が増えることくらいだ。

安さと質が売りの個人経営の店だが、四回目の掲載ともなるとマンネリになってきた。女性客を呼び込みたいと話していたため、これまでは無煙ローストを大きめに紹介したり、デザート無料のクーポンをつけるなどして対応してきた。

クーポンを持参する女性客が増えたことで、売り上げが増加したというデータは出ている。店長は喜んでくれていて、昨日の打ち合わせではさらに女性客を集めたいと意気込んでいた。

どういうキャッチフレーズがいいか、パソコンの前で考える。若い女性はどんなワードに反応するのだろう。伊予に相談したいところだが、今日の様子では話しかけにくかった。

「そういえば……」

井野や伊予に関することを、理恵はふいに思い出す。伊予は入社してすぐの頃、おそらく井野を意識していた。

ゴールデンウィーク明けに会社主催の大規模な飲み会があり、理恵は伊予や布美子と同じテーブルについていた。井野は隣のテーブルで他課の女性数人から恋愛についての質問を受けていた。

井野は照れながらも、爽やかな笑顔で応えていた。普段の井野は人当たりが良く、大抵の人と話を盛り上げることが出来た。

「草食系じゃないですよ。好きになったら自分から行きますから」

「えー、そうなの？　ちょっと意外。じゃあさ、どんな子がタイプなの？」

「子供を好きな女性がいいですね。結婚したら大家族を作りたいんですよ」

「そうなんだあ」

「あ、あたしも子供好きだよ」

井野の明るい受け答えに女子社員たちは大いに湧いていた。理恵たちは他愛ない女子トークをしていたが、その最中も伊予はさりげなく隣の席の様子を気にしていた。

飲み会は二次会で解散となり、理恵と伊予は同じ電車で自宅に向かっていた。終電に近い車内はひどく混雑していた。雑談を交わしていると、伊予がふと真面目《まじめ》な顔を浮かべた。

「井野さんって子供好きなんですね。まいったなあ。あたし、子供が大の苦手なんですよ。あっ……、ここで降りますね。先輩、お疲れさまでした！」

慌ただしく去っていったため、それ以上深く聞くことは出来なかった。

理恵の知る限り、ゴールデンウィークの時点やそれ以降も、伊予が井野にアプローチをした形跡はなかった。

「そういえば……」

伊予の機嫌が悪くなった前後に、ポーチについて会話を交わしたことを思い出した。

布美子と井野は、伊予より先に帰った。仮に二人がポーチを目撃していた場合、持ち去ったのは伊予だと特定される危険性が高まる。だから伊予の態度は硬化したのだろうか。そしてそのために翌朝、発覚を恐れてデスクに戻したのかもしれない。

胃に違和感を覚え、理恵はキーボードを打つ指を止めた。

根拠もなく疑うなんて間違っている。

ふと画面を見ると、パソコンが止まっていた。フリーズしたらしく、いくら待っても動く気配がない。

再起動後にデータを確認して、理恵は深く息を漏《も》らした。三十分近い作業が全て台無しだった。違和感は痛みに変化し、理恵はお腹に手を当てて目を閉じた。

「一緒に夕飯はどうかな。ちょっと話したいことがあるんだけど」

帰り支度をする井野に話しかけた。時刻は二十時を回っていて、布美子と伊予はすでに帰宅している。食欲はないが、この機会を逃すわけにはいかなかった。

「わかりました」

口調は疲れていたが、井野はすぐに了承してくれた。朝も食べているので連続になるが、理恵は行き先にしずくを選んだ。ディナータイムにも興味があったのと、スープなら食べやすいと思ったのが理由だった。

店の前まで来ると、井野の表情がかすかに綻《ほころ》んだ。

「ここ、いい店ですよね」

店の前に朝営業にはなかったイーゼルボードが置いてあり、黒板に健康に良いスープが自慢だと手書きの文字で記されてあった。

ドアを開くと活気ある声が溢《あふ》れてきた。

「いらっしゃいませ！　あ、井野さんじゃないですか」

茶色く染めた無造作ヘアの男性が笑顔を向けてくる。服装は早朝の麻野と同じ、清潔感のあるシャツとパンツ、エプロンという組み合わせだ。浅黒い肌とツンツンのヘアスタイルで、繁華街で見かけるホストみたいな風貌だった。

理恵は麻野を探すけれど、姿が見えなかった。金曜のディナータイムは盛況で、店内は満席だった。

「今日は客として来たのですが、入れますか？」

先程までの沈んだ雰囲気から一転して、井野は営業用の社交的な態度になっていた。

イルミナでのしずくの担当者は井野だったらしい。

「ラッキーでしたね。ちょうどキャンセルが出て、カウンターでしたらすぐに二名様をご案内出来ますよ」

オレンジの照明に照らされて、漆喰の壁が暖かな色に染められていた。客は二十代から三十代が大半で、特に女性の割合が多くイルミナのターゲット層と重なっていた。にぎやかだが、騒がしくない。朝と雰囲気は違うが、居心地の良さは変わらなかった。

「そうそう、この前は、ネットオークションについて教えていただきありがとうございます。井野さんのおかげで、前から欲しかったものが手に入りましたよ」

「お役に立てて光栄です。わからないことがあったら、いつでも聞いてください」

井野と茶髪の男性は親しげに会話を交わしていた。営業を重ねるうちに、共通の話題が出来るのはよくあることだ。

理恵たちはカウンターの席に案内された。ブラックボードには本日の日替わりスープとして、朝に食べたのと同じメニューであるジャガ芋とクレソンのポタージュが記されてあった。

グランドメニューを開くと、厚手の紙にたくさんのスープの名前が並んでいた。

「全部の料理に、健康にどういう風にいいのかが書いてあるんですよ。凝ってますよね」

井野の言う通り全てのメニューに、使用されている主要な食材と含まれる栄養素が併記してある。たとえば中華風紅花スープ生姜《しょうが》風味の場合、紅花は冷え性・生理不順の改善が期待出来ると書いてある。

ドリンクはワインを中心に、カクテルや自家製果実酒などが豊富に揃《そろ》えてあった。それに合わせるおつまみなども用意してあり、ダイニングバーとしても利用可能らしい。スープパスタなどの食事メニューもあり、つい目移りしてしまう。

理恵は炭酸水と、グランドメニューにあった野菜三五〇グラムポトフを注文した。厚生労働省が推奨するという野菜の量がこの一品で摂取出来るという解説文と、開店以来人気ナンバーワンという但し書きが添えてある。キャベツには胃に良いビタミンUが含まれている、という文章も決めた理由のひとつだ。

井野は新メニューのモロヘイヤとコリアンダーのスパイシースープと地ビール、パンと小皿料理二品がつくディナーセットを頼んだ。モロヘイヤに含まれるムチンは胃や腎臓によく、コリアンダーはイライラを解消してくれるらしかった。

店は三名の店員で回しているようだ。フロアを最も動き回っているのが茶髪の男性で、お客の女性から「慎哉《しんや》くん」と呼ばれていた。慎哉が笑顔で何か返事をするたびに、女性客が愉快そうに口に手を当てていた。

ドリンクとお通し、小皿料理が先に運ばれ、理恵は井野と乾杯した。お通しはアスパラ豆腐で、小皿はスモークサーモンのマリネと豚肉のリエットだった。

ビールには滑らかそうな白い泡の層が出来ていて、井野は満足そうに三分の一を一気に飲み干した。

軽く世間話を済ませてから、理恵は本題に入った。

「最近、仕事に身が入っていないよね」

「……やっぱり、その話ですよね」

井野は職場での沈んだ表情に戻り、ビールグラスをテーブルに置いた。

「すみません。週明けからはちゃんと仕事に集中します」

「謝らなくてもいいよ。それよりも何か理由があるの？」

「お待たせしました」

女性店員がトレイで二人分のスープを運んできて、理恵たちの前に置いた。

理恵は白色のフレンチボウルを覗《のぞ》き込んだ。野菜はキャベツ、人参、ジャガ芋、セロリで、それぞれ大きめに切られている。器を手に持つと、ずっしりと重かった。だが三五〇グラムというのは加熱前の重さらしく、充分食べ切れそうだ。

金属製のスプーンを手に取り、スープに差し入れた。牛肉はよく煮込まれていて、スプーンで簡単に切ることが出来た。期待に胸を膨らませながら、黄金色のスープを口に含む。

「……ディナーの料理も絶品だなあ」

野菜の甘みと牛肉の旨味《うまみ》がスープの中で溶け合っていた。澄んだ味わいからは丁寧に下拵《ごしら》えしているのが伝わってくる。飲み込むと、ブーケガルニの香りが爽《さわ》やかに鼻に抜けた。

キャベツを噛《か》むと繊維が弾け、口の中で甘みが躍る。ジャガ芋はねっとりとした舌触りで、他の野菜も柔らかく煮込まれている。スープをたっぷり吸い込んだ牛肉は、嚙んだ瞬間にほろほろと崩れた。

「やっぱりこの店のスープは素晴らしいね。もっと早く来ればよかった」

理恵の言葉に、井野が笑顔でうなずいた。

「僕もプライベートで何度も利用しています」

モロヘイヤとコリアンダーのスパイシースープには、たっぷりの刻んだモロヘイヤが使われていて、濃い緑色から栄養が詰まっているのがわかった。シナモンやクローブ、胡椒《こしょう》などたくさんの香辛料の匂いが、隣にいても伝わってきた。

「お気に召したでしょうか」

聞き覚えのある声が耳に飛び込んでくる。顔を上げると、麻野がカウンター越しに会釈をしてきた。理恵より先に、井野が声をかけた。

「こんばんは、麻野店長。相変わらず繁盛していますね」

「いらっしゃいませ、井野さん。お二人はお知り合いだったのですか？」

麻野が井野と理恵を交互に見比べた。

「イルミナ編集部の奥谷理恵と申します。井野とは同僚なんです。いつも井野がお世話になっております」

理恵は一旦席を立ち、名刺を取り出して麻野に渡した。受け取ると、麻野が再びお辞儀をしてくれた。井野が口を開いた。

「この新メニュー、イケますね。次号の写真に載せるのもいいかもしれません。相変わらず色々な国のメニューに挑戦されているみたいですね。スパイシースープのベースはどこの国の料理なのですか？」

営業モードらしく、井野ははきはきとした口調だった。

「エジプト料理をベースに考えました。好き放題にメニューを考案しては慎哉くんに怒られています」

「こいつの作る新メニューって、しょっちゅう採算がギリギリなんですよ。お客様に喜んでもらえるのは嬉しいけど、勘弁して欲しいです」

ホールを歩いていた慎哉が会話に入ってくるが、すぐ忙《せわ》しなくワイン片手に他のテーブル席に向かった。

井野がふいに、表情を固くさせた。

「あの、麻野店長はフレンチにも詳しいのですか？」

「フレンチレストランで働いた経験もありますよ」

「実は、教えてほしいことがありまして」

そう言ったものの、井野はしばらく沈黙した。残りのビールを一気に飲み干してから、ようやく口を開きはじめる。

井野は十日ほど前に、とあるフレンチレストランを訪れた。その日のコースのメインは舌平目にクリームソースがあしらわれた料理だったのだが、その名前がどうしても思い出せないそうなのだ。

麻野は口元に手を添え、首を傾《かし》げた。

「舌平目のボン・ファムでしょうか。蒸し煮にした白身魚と濃厚なクリームソースを合わせた伝統的なフランス料理になります」

「ボン・ファムとは、どういう意味なのですか？」

「フランス語では良き女性、良き妻という意味になります」

それを聞いた途端、井野は目を大きく見開き、視線をテーブルに落とした。井野はグラスをじっと見つめた。空になったグラスの内側に、白い泡がこびりついている。

「……ありがとうございます」

井野は麻野に頭を下げた。麻野は井野の異変に戸惑っていたが、慎哉に呼ばれて奥の厨房に消えていった。理恵は黙ったままの井野に訊《たず》ねた。

「さっきの魚料理がどうかした？」

「奥谷さんは、結婚を考えたことがありますか？」

井野はうつむいたまま、突然問いかけてきた。

「いきなりな質問ね」

理恵は答えあぐねながら、炭酸水で舌を湿らせた。

グラスをコースターの上に置いたところで、井野が困ったような顔を浮かべた。

「すみません。実は最近、……結婚を意識していた恋人に振られたんです。仕事中に上の空になっていたのもそれが原因です」

「そうだったんだ」

理恵は井野と仲が良いつもりだったが、恋人がいたことに全く気づかなかった。しかも結婚を考える程に真剣に交際していたのだ。

「びっくりしちゃった。どんな人なんだろう。あ、ごめん。思い出させちゃうよね」

そこで慎哉がドリンクリストを手に近づいてきた。

「代わりのドリンクはいかがでしょう」

井野は同じものを、食の進んでいた理恵はワインリストからハウスワインの赤をグラスで注文した。慎哉が空いたグラスを持って離れていく。帰る客がいたらしく、出入り口からドアベルの音が聞こえた。すぐに慎哉がビールの注がれたグラスと、ワイングラスを持ってくる。ワインボトルから濃い赤色の液体が注がれるのを、井野がじっと見つめていた。

「うっかり者で、忘れ物が多い人でした。不満があると子供みたいに拗《す》ねるんです」

井野が目を細め、口の端を持ち上げた。困ったようでありながらどこか嬉しそうな、理恵の全く知らない井野の顔だった。相手のことが本当に好きなのだという気持ちが表情から伝わってきた。

「ひょっとして、長谷部さん？」

思いついたことが自然と口に出ていたが、井野は目を丸くしていた。

「実は長谷部さんが、昨日から私に冷たくて。それで今日思い切って訊ねてみたら、井野くんに聞けばわかると言われたの。心当たりはあるかな？」

「全くわからないです。それに、付き合っていた相手は長谷部さんじゃないですよ」

井野が苦笑いを浮かべつつ、はっきり否定した。

うっかり者で忘れ物が多い、という説明で真っ先に思い出したのが伊予だった。だからつい訊ねてしまったのだが、全くの見当違いだったらしい。ワインを口につけると、ほんの少しだけ渋く感じた。

それ以上は追加注文せず、二十二時少し前に店を出た。井野とは地下鉄の入り口で別れた。ホームに滑り込んできた電車は満員で、理恵は無理やり体を押し込んで乗車した。


自宅に戻った理恵はまずシャワーを浴びた。タオルを巻いてリビングに出ると、姿見に全身が映った。また少し痩せたようだ。女らしさの欠片《かけら》もないと自分の体を見て思う。

『この仕事をしているのに痩せるなんて羨《うらや》ましいな』

すでに結婚退職した、かつての同僚に言われた言葉だ。タウン誌の営業は飲食店を取材する際、撮影で使用した料理を食べることが多い。ひどい時には一日に四杯もラーメンを食べたことさえあった。布美子もイルミナに配属されてから太ったとぼやいていたが、理恵は仕事が忙しくなるたびにじわじわと体重が落ちていく。

フリーペーパー業務は、社内の様々な人員を寄せ集めて進められている。突然配属された理恵は、経験のない営業やキャッチコピー作成を担当することになった。慣れない仕事をこなしていく中でストレスは着実に溜《た》まっていき、それにつれ胃の具合も徐々に悪くなっていった。忙しい時期に食事をとらなくなったのも胃の不調が原因で、医者には心因性の胃痛と診断された。

業務による食べ過ぎとストレスが重なり、胃の調子は加速度的に悪くなっていった。仕事の合間にトイレへ駆け込み、取材で食べた物を吐くこともあった。

来月、小学校時代の友人の結婚式に出席することになっている。大学時代の友人の式で着たパーティードレスを使い回そうと考えていたが、一年半前に購入した物なのでサイズが合わないかもしれない。

仲の良い友人の半数以上がすでに結婚をしている。井野からの質問が頭の片隅にこびりついていた。三十路《みそじ》を目前にして、結婚を意識しないわけがない。

冷蔵庫から缶ビールを取り出して、プルタブを開ける。口をつけた途端に胃に痛みを感じ、呑む気をなくして胃薬を水で流し込んだ。しばらくテレビを眺めていたら眠気が襲ってきたので、理恵はベッドに潜り込んだ。

3

目を開けると、枕元のデジタル時計が朝の九時と、ＳＡＴの文字を表示していた。胃が鈍痛を訴えている。テーブルの上に缶が置き放しになっていて、部屋にビールの匂いが漂っていた。

土曜の午前中、理恵は会社に向かう電車に乗った。焼肉店の広告デザインに時間を取られたことと、ポーチのことを考えていたことのせいで、他の仕事が遅れていた。週明けに各店舗へ記事の第一稿を提案出来るよう、休日出勤して進めるつもりだった。ストレスによる胃痛のせいで、朝食は食べることが出来なかった。

出社すると布美子が席に座っていた。

「あなたも来たのね」

布美子の口調は素っ気なく、理恵を一瞥《いちべつ》しただけで自分の作業に戻った。

「仕事が遅れ気味なもので」

そう返事をして、自分のデスクにあるデスクトップパソコンの電源を入れた。

それから会話をせず、黙々と仕事に取り組んだ。作業をこなしていると、時刻はあっという間にお昼を回っていた。

「奥谷さん。そこ、スペルがおかしいわ」

声をかけられ振り向くと、紙コップを手にした布美子が背後に立っていた。

「本当ですか」

画面には理恵が作業をしていたブライダルリング専門店のクーポン記事が表示されていた。布美子は紙コップに口をつけてから、Mariegeが間違いで、正解はMariage

だと指摘した。

「すみません。フランス語はよくわからなくて……」

先方が直接送ってきた文章で、理恵が書いたわけではなかった。布美子が席に戻ると、オフィスチェアの背もたれが軋《きし》む音を立てた。

「私も大学で習っただけよ。でも知らないなら、なおさら入念にチェックするべきでしょう。細かなミスは、常に目を光らせないと見つからない。集中し続けることは難しいけど、日々の訓練で体得出来るようになる。奥谷さんは時おり、小さなミスがあるわよね。今からでも、気を抜かないよう訓練をしなさい」

「以後気をつけます」

記事を全て書き終えてから、まとめてチェックをしようと思っていた。そう反論したかったけれど、火に油を注ぐだけなので素直に謝ることにした。下手に言い訳をすれば、布美子からのお説教が待っているのは明らかだった。

理恵は深呼吸をして、あらためて仕事に向き直る。しばらく進めた後、理恵は作業を中断させた。会社を出て、コンビニで栄養添加のゼリー飲料を購入する。

いつの間にか夕方に近づいていて、空に赤みが差していた。職場のあるビルの影になって、西の空にあるはずの真っ赤な太陽は見えなかった。

職場に戻ると、布美子は変わらずにパソコンの前に座っていた。背後にあるブラインドは閉じてあって、隙間から朱色の光が漏れ出ていた。

布美子は仕事中にほとんど笑顔を見せない。メイクも最低限で、外見はおしゃれとは無縁だった。

『イルミナの編集長って女を捨ててるよね』

給湯室で他部署の女性社員が、笑いながら話していたのを思い出す。

仕事一筋の布美子は経営陣からの信頼も厚く、創刊当初は苦戦したイルミナを前任の編集長からの引き継ぎ後すぐに黒字化させた。セクハラ寸前の軽口を連発する役員も、以前大勢の前でやりこめられたことがあるらしく、布美子の前では大人しくしていた。

理恵はキーボードを打っていた指に視線を落とした。指の関節のしわが深くなっている。年齢は手に出るという母の言葉を、かつて笑って聞き流した。しかし今ではそれを自身の肌で実感するようになった。

理恵は今日の作業を順番に見直していった。途中でブライダルリングの記事が目に入り、井野からの質問が脳裏に蘇った。

『奥谷さんは、結婚を考えたことがありますか？』

仕事に打ち込む布美子の姿は、将来の自分を連想させた。現在の生活を続ければ、理恵も似たような人生を歩むことになるだろう。仕事だけに打ち込んで、若い女の子から陰口を叩《たた》かれる。布美子なら周囲からどう思われているか気づいているはずだ。布美子のような生き方を否定するわけではないが、迷いが生じるのも事実だった。

「今野さんは……、結婚を考えたこと、ありますか」

気づいたら声に出していて、理恵は思わず自分の口元を手で覆った。

キータッチの音が消え、部屋が静寂に包まれる。背後からの光で陰になり、布美子の表情は見えなかった。

「ずっと仕事一筋で生きてきたわ。これからも仕事が結婚相手ね」

それだけ言って、布美子は仕事に戻った。不用意な質問を申し訳なく感じたが、謝るのも筋違いだと思った。理恵も作業を再開させると、キーボードの打鍵音だけが辺りに響いた。

ふいに、年度末にあった出来事を思い出した。

イルミナ三周年記念号の校了後に、編集部内で打ち上げをしたことがあった。今から一年程前の出来事だ。飲み会はそれなりに盛り上がり、店を移動することになった。一次会が終了する前に、理恵はトイレで化粧直しをしていた。

「そのポーチ、素敵ね。どこで買ったの？」

声をかけられ振り向くと、布美子が理恵の化粧ポーチに目を向けていた。ちょうどポーチを使いはじめた時期だった。

「今野さんって、こういうのがお好きなんですか？」

布美子とファッションについて話すのは珍しく、理恵はつい聞き返していた。普段から鼠色のスーツで、小物類も地味なデザインばかりだった。そのため、おしゃれに興味がないのだとばかり思っていた。

「私だってブランド物に興味くらいあるわよ」

唇を尖《とが》らせる布美子の頬《ほお》が、ほんのり赤く染まっていることに気づいた。普段の布美子はあまりお酒を飲まないが、記念すべき三周年のためか酔いが回っているようだ。

ポーチが海外限定の品であること、オークションにおいて高額で取引されていたことを説明すると、布美子は本気で落胆したようだった。布美子がおしゃれに興味がないなんて、周囲の勝手な思い込みなのだ。

「あ……」

理恵はマウスを動かしていた手を止めた。ポーチに興味を抱いていた布美子なら、持っていく動機があるといえるかもしれない。ふいに胃痛が押し寄せてくる。お腹を手でさするけれど、治まってくれる気配はなかった。

しばらく我慢していたが、仕事を続けるのは無理そうだった。

「……お先に失礼します」

理恵は手早く荷物をまとめ、パソコンのシャットダウンを見届ける前に席を立った。

パーティションの脇をすり抜けようとしたところで、先日レイアウトを手伝った後輩の男性社員から声をかけられた。

「あれ、奥谷さんも来てたんですね」

後輩男子はちょうどフロアにやってきたところだった。

「昨日の会議、大成功でしたよ。先輩にも企画書がわかりやすいって褒められました。奥谷さんのおかげです！　でもそのせいで新しい企画を詰めることになって、これから仕事ですよ」

「よかったね。でもちょうど帰るところなんだ」

休日出勤なのに妙に嬉しそうで、きっと仕事が楽しい時期なのだろう。無邪気な笑顔でお礼を言われると、アドバイスをしてよかったと思った。

「そういえば……」

昨日の朝、後輩が隣の部署で一番早く出社していたことを思い出した。理恵は深呼吸で痛みを落ち着かせ、席に向かう後輩を呼び止めた。

「ちょっといいかな」

「何ですか？」

「昨日の朝、イルミナ担当の社員で私より早く会社に来ていた人はいた？」

「昨日の朝ですか？　いましたよ」

「本当？」

「井野先輩です。僕は始業の四十分前に出社して仕事をはじめたんですけど、エレベーターが開いた時に先輩がトイレに入っていくのを見ました。それからずっと戻ってこなかったから、お腹の具合でも悪かったのかも」

時計を見ると朝の七時だった。布団から這《は》い出て冷蔵庫を開けたが、何も入っていなかった。

理恵はひと息ついてから、ぼんやりした頭でポーチにまつわる状況を整理した。

化粧ポーチがデスクに置かれた朝、理恵より先に井野が出社していた。つまり戻したのは、井野の仕業という可能性が最も高いのだ。

井野が化粧ポーチに興味があるとは思えないが、ネットオークションをやっているので出品すれば高値で取引出来るはずだ。だが底面に目立つ傷があり、かなりの減額が考えられた。そのため危険な行動はせず、素直に返却したのだろうか。

持ち去った張本人は、同僚三人の中の誰かに間違いない。

返ってきたのだから深刻に考える必要はないのかもしれない。それでも誰の仕業だったのか気になってしまう。同僚の誰かが泥棒なのかと疑ってしまう。

仕事仲間を信じられない自分が嫌だった。

布美子は理恵を叱咤《しった》し、一人前になるまで育ててくれた。井野には何度も修羅場で助けられ、徹夜で辛《つら》い時にも明るく励ましてくれた。伊予とはまだ半年の付き合いだけど、理恵の指示を素直に聞き、真面目に仕事に取り組んでくれている。

全員が大事な仲間であり、疑いの気持ちを抱くことが苦痛だった。

寝る前に薬で抑えていた胃痛が再び襲ってきた。

胃薬を流し込むと痛みは治まったが、まだ胃が重い感じがした。食欲はなく、昨日の昼すぎから何も口に入れていない。明日からの仕事のためには、無理にでも栄養を摂取したほうがいいだろう。

「……しずくのスープなら、食べられるかな」

体に染みこむような優しい味を思い出す。休日に出勤ルートを辿《たど》るのは気が滅入るが、それでもしずくの味が恋しかった。簡単に身支度を整え、理恵は自宅を後にした。

最寄りの駅から電車に乗り込み、理恵はしずくを目指した。空いていた席に腰かけ、スマートフォンでニュースサイトをチェックする。日曜の車内では、私服姿の少女たちが会話を楽しんでいた。

駅に到着したのは八時だった。休日の早朝にもかかわらず、オフィス街にはそれなりに人通りがあった。徒歩圏内に巨大な複合商業ビルや商店街が隣接しているため、イルミナで紹介すべき店舗には困らない地域なのだ。

重い足取りで歩いていく。余裕があれば、帰りに洋服でも眺めようと考えた。大通りを曲がり、薄暗い裏路地に足を踏み入れる。古びたビルが遠くに見えた時点で嫌な予感がした。スープの匂いが感じられなかったのだ。

店の前に立った理恵は、茫然とドアを見つめた。

「忘れてた……」

ＣＬＯＳＥＤと書かれたプレートがドアに下げられていて、窓の奥に見える店内も暗かった。オフィス街にある飲食店は会社員が主要な客層なので、日曜を休みにする店が多い。そんな当たり前のことを、疲れのせいで思い出すことが出来なかった。

別の店を考えようとしても頭が働かない。薬で抑えていたはずの痛みが再びやってきて、理恵はその場に座り込んだ。薄暗い道路で理恵は深くため息を漏らした。

「大丈夫ですか？」

男性の声がして、理恵は首を横に向けた。すると少し離れた場所から、麻野が心配そうな顔を理恵に向けていた。

「麻野さん！」

慌てて立ち上がったが、そのせいで軽い眩暈《めまい》に襲われてしまう。足がもつれて倒れそうになった理恵を、麻野がとっさに腕を伸ばして支えてくれた。

「す、すみません。平気です」

スリムな外見とは裏腹に、麻野の腕は力強かった。恥ずかしさで顔が熱くなり、慌てて麻野から離れる。まだ足がふらついたが、何とか立つくらいは出来た。照れを隠しながら、理恵は何とか口を開いた。

「今日は定休日だったんですね。うっかり来てしまいました」

「申し訳ありません。日曜はお休みをいただいているのです」

麻野はスーパーの袋を手から提げていた。チノパンにシャツ、カジュアルなジャケットというシンプルなコーディネートで、全体を茶色で統一した秋らしい装いだ。

「お店によく来てくれる奥谷さんだよ。ほら、ご挨拶して」

麻野の背後に隠れるように、女の子がいることに気づいた。麻野に促された女の子が一歩前に出て、丁寧に頭を下げた。

「初めまして、麻野露《つゆ》です。いつもお父さんがお世話になっています」

麻野に娘がいたことに驚き、理恵は目を見開いて露と名乗った少女を見つめた。

小学校の中学年くらいだろうか。腰まで伸びた黒髪が印象的で、切れ長の瞳は黒目が大きかった。顔立ちは麻野にさして似ていないが、穏やかな雰囲気は父親にそっくりだった。

そこで理恵は、露に見覚えのあることを思い出した。以前一度、しずくの店内を覗き込んでいた子だと思われた。

「初めまして、露ちゃん」

挨拶を返した直後、理恵の胃の痛みがぶり返してきた。

「それでは、改めて営業時間中にうかがいますね」

理恵は表情に出ないよう笑顔を保ち、その場から早く立ち去るため小さく会釈をした。

「あの、すみません」

踵《きびす》を返したところで露から呼び止められ、理恵は振り返った。

「今からお父さんが、お店で朝ごはんを作ってくれるんです。だから、あの、お姉ちゃんも一緒に食べませんか？」

露が眉を八の字に下げ、心配そうな表情で理恵を見上げた。突然の申し出に理恵は戸惑い、麻野も驚いた様子で隣の露を見つめていた。

「親子水入らずの時間にお邪魔するなんて申し訳ないです」

露が麻野の腕を引っ張り、すがるような目つきで麻野に訊ねた。

「お父さん、だめ？」

露はそう訊ねてから、麻野の耳元に口を近づけて何かをささやいた。すると麻野は眉を上げ、それからゆっくりうなずいた。

「奥谷さんが迷惑じゃなければ、僕は構わないよ」

麻野が理恵に視線を寄越す。理恵の返事を待っているようだ。一度は断ったものの、麻野の作る家庭料理には興味があった。そのためか、理恵の目線は自然とビニール袋に向かっていた。そのことに気づいたのか、麻野がビニール袋を持ち上げた。

「仕込みは昨晩終わっているので、時間はかかりませんよ。お店では出さない料理をご用意します」

店で食べられない料理、というのが決め手になった。

「……是非ともよろしくお願いいたします」

小さく頭を下げると、親子が同時に犬みたいな人懐こい笑顔を浮かべた。

露が壁側のテーブル席に座ったので、理恵はその正面に腰かけた。麻野たちは早朝の散歩がてら、朝市で食材を購入した帰りなのだそうだ。

座ってすぐ麻野がドリンクを用意してくれた。カップからルイボスティーの甘い匂いが立ち上る。露はオレンジジュースのストローに口をつけた。

露に年齢を訊ねると十歳という答えが返ってきた。つまり現在は小学校四年生か五年生になる。麻野は三十代の前半から半ばくらいなので、二十代の早い時期に露を授かったのだと思われた。

「前に一度、厨房のほうから店を見ていたよね」

理恵の質問に、露は顔を赤らめた。

「実はいつも店内で朝ごはんを食べているんです。普段はほとんど誰もいないんですけど、この前はお姉ちゃんがいたから驚いちゃって……」

朝ごはんの営業は、やはり人が来ていないらしい。もっと多くの人に広まってほしいのにと理恵は残念に思った。

露はカウンターの向こうで動き回る麻野を目で追っていた。そこで理恵は視線の邪魔にならないよう、露の斜め前の椅子に移動した。

「お父さんが料理をしているところが好きなの？」

理恵がそう訊ねると、露は照れくさそうに体を縮ませた。

ふいに、煮詰めた野菜と肉の香りが漂ってきて、すぐに麻野がトレイを持ってきた。

「お待たせしました。ソーセージのポテです」

麻野は耐熱ガラス製のスープボウルをテーブルに載せた。

その料理は先日店で食べたポトフに似ていて、具材の違いは牛肉かソーセージかでしかないように見えた。大きめに切られたキャベツ、人参、ジャガ芋、セロリなどの野菜が、透き通ったスープで煮込まれている。気のせいか露の皿に比べて、理恵の分にキャベツとセロリが多いような気がした。

「ポトフではなくて、ポテですか？」

「ポトフが牛肉、ポテが豚肉と区別することが多いですが、そのへんは曖昧《あいまい》ですね。フランス語で鍋を意味する言葉が語源になっていて、今回は豚肉のスープストックを使用しました。グランドメニューにポトフを用意しているので、ポテをお店で出したことはないんです」

小さなスープボウルを三つテーブルに載せてから、麻野は露の隣に座った。

「いただきます」

露は手を合わせてからスプーンを手に取り、スープをすくって口に入れた。ゆっくり飲み込んでから、露は満面の笑みを浮かべた。

「やっぱりお父さんのスープは美味しいね」

「それはよかった」

娘に向ける麻野の視線は、普段よりずっと優しかった。

「私もいただきます」

理恵もスプーンを手にして、ポテを口に入れた。

「わ、全然違いますね」

薄い黄金色のスープのポテは、見た目だけはポトフと似ている。だがソーセージのナツメグと燻製の香りがスープに溶け込み、印象の強い味になっていた。ソーセージをかじると皮がぱりっと弾け、中からたっぷりの肉汁が溢れてきた。次にスプーンで押しただけで切れるキャベツを口に入れた。

「あれ？　不思議ですけど、最初にいただいた朝食のポタージュに近い気がします」

何より違うのは野菜の味だった。先日のポトフはえぐみが完全に抑えられ、野菜の持つ甘みを純粋に味わえた。しかし今日のポテには渋味や苦味がわずかに舌に感じられ、その分、野菜が元々持っている野趣溢れる味わいが楽しめるようになっていた。

麻野は照れたように、頰を指で搔いた。

「見抜かれてしまいましたか。実は朝の時間に提供しているのは、日替わりスープの試作品なんです。それを微調整したものが、ランチ以降の日替わりスープになります。家庭料理に近いので、本来はお客様に出すべきではないのかもしれません」

ディナーに食べたスープは、塩分や火の通り加減、具材のバランスなどを計算した上で作られたプロの一皿という印象で、張り詰めた緊張感が感じられた。

一方、朝営業で頂いたスープやこのポテは、どこか家庭的な味だった。大雑把というと聞こえが悪いが、大らかな味わいは安心を与えてくれる。

食事を進めながら、理恵は疑問をぶつけてみた。

「どうして早朝に営業をしているのですか？」

普段の仕事の癖で、ついインタビューめいた口調になってしまう。

「奥谷さんのような人に食べてほしいからです」

「私のような……、ですか？」

自分に話が及ぶと予想していなかったので、理恵は首を傾げた。

「この街で働く人たちは、みなさんお疲れになっています。忙しさのあまり、食事を満足に取れない方もたくさんいるでしょう。その場合、真っ先に抜かれるのが朝食ですが、一日を健康的に過ごすために最初の食事は欠かせません。だからこそ、疲れている人たちに安らぎを与えられるような朝ごはんを提供したかったのです」

麻野は淀《よど》みなく返事をした。きっとお店を出すに当たって、コンセプトを突き詰めたのだろう。

「スープにしたのは、食べやすさのためでしょうか」

汁物と柔らかく煮込まれた具材は、体力が低下した理恵でも簡単に摂ることが出来た。きっと自分のように疲れ切った人のために、麻野はスープを選んだのだろうと思われた。

麻野の代わりに、露が返事をしてくれた。

「お父さんのスープは、具合が悪い時でも、スッと喉を通るんだ」

麻野が嬉しそうに娘の頭に手を乗せようとした。だが露は顔を赤らめ、父親の手のひらを避けてしまう。理恵がセロリをすくったところで、麻野が口を開いた。

「セロリはヨーロッパで疲労回復の薬草として扱われています。奥谷さんに召し上がっていただければ幸いです」

「……ありがとうございます」

　理恵の体調不良は挙動や顔色から伝わっていたのだろう。だからこそ露も麻野も食事に誘ってくれたのだ。

　不摂生が続くと胃だけではなく、身体全体が傷んでくるのがわかる。食べることは生きることそのものだと、理恵は年を経るごとに実感するようになってきた。

　スープを口にすると、麻野の優しさが溶け込んでいるような気がした。目を閉じて深呼吸をすると、身体の強ばりが取れていくのがわかった。理恵はいつの間にか、胃痛が治まっていることに気づいた。

4

　食事を終えた露が席を立ち、理恵に笑顔を向けた。

「私は用事があるから出かけますね。理恵さんはゆっくりしていってください。……お父さん、後はお願い出来るかな」

　露が目配せをすると、麻野は微笑みでうなずき返した。露は全員分の皿を運んでから、カウンター奥にあるドアに入っていった。ビルの二階が麻野一家の自宅になっていて、厨房脇の階段から往き来出来るそうなのだ。

露が姿を消すと、今度は麻野が立ち上がった。

「またルイボスティーでよろしいですか？」

理恵がうなずくと、麻野は厨房からティーポットと自分の分のカップを運んできた。テーブルに置かれた二つのカップに、麻野が赤茶色の液体を注いだ。

「今日はお邪魔してしまい、申し訳ありませんでした。こんなにも良くしていただいて、とても感謝しています」

「とんでもありません」

麻野はカップに口をつけてから、理恵の瞳を真っ直ぐ見つめた。

「奥谷さんはとてもお疲れのようですね。差し支えなければ、理由を聞かせてもらってもよろしいですか？　言葉にするだけでも楽になるものですよ」

「いえ、そんなことまで……」

断ろうとしたけれど、再び胃が疼《うず》いてきた。食事まで振る舞ってもらった上に、話まで聞いてもらうのは申し訳なかった。でも優しい言葉が嬉しくて、甘えさせてもらいたいという気持ちになっていた。

理恵がここ数日の間に起きた出来事を打ち明けると、麻野は真剣に耳を傾けてくれた。一通り話し終えてから、理恵は唇を噛んだ。

「……疑うことが、きついんです。誰のせいだとしても悲しいんです。みんな、苦楽を共にした仲間ですから」

言葉にすることで、暗い気持ちが少しだけ上向いていた。それに伴って、胃の疼痛も軽くなっているような気がした。ルイボスティーに口をつけると、すっかりぬるくなっていた。

「聞いてくださって、ありがとうございます」

理恵は麻野に対し、深く頭を下げた。店内の時計は午前の九時半を指していた。これ以上は迷惑をかけられないと思い、理恵は辞去を申し出ようと軽く腰を浮かせた。

「では、そろそろお会計を」

「お代は結構ですよ。それよりもう少しだけ、話をしていきませんか」

「いえ、そんな……」

麻野に言われ、理恵は躊躇《ためら》いながら椅子に座り直した。麻野がポットからお茶を注ぐと、カップから湯気が立ち上った。

「スープを選んだのは栄養を効率よく摂取出来る調理法だからですが、実は他にも理由があります。僕が単純にスープを好きなんです。最終的に完成するのは一見するとただの液体ですが、素材や火加減などレシピの違いで無限に味が変化します。あらゆる要素が混ざり合った先に生まれる一滴の奥深さに、料理人として最も魅力を感じるのです」

「はあ……」

話は興味深かったが、麻野の真意が摑めなかった。理恵の疑問が伝わったのか、麻野は苦笑いを浮かべた。

「すみません。話が逸《そ》れました。どんな複雑な味のスープにも必ずレシピが存在する。つまりどんな結果にも、かならずそうなった理由が存在すると言いたかったんです」

麻野がカップに口をつけてから、理恵の目を正面から見据えた。

「奥谷さんを苦しめる問題の真相を、今からご説明しましょう」

突然の言葉に、理恵は開いた口が塞《ふさ》がらない。戸惑う理恵をよそに、麻野は微笑を保ちながら説明をはじめた。

「まず後輩の長谷部さんの態度が、素っ気なくなりはじめた辺りを思い出してください」

麻野に言われた通り、あの日の記憶を蘇らせる。

四人の中で理恵は最初に帰ろうとしたが、隣の部署の後輩に呼ばれたことでポーチを誰も使っていないデスクの上に置いた。パーティションがあったため、理恵のいる場所からデスクを見ることは出来ない。

資料作成のアドバイスをしている最中に、布美子、井野の順番に帰るのを目撃した。

それから手伝いを終え、理恵はポーチを回収しようと考えた。

そこで帰宅しようとする伊予とすれ違い、直後にポーチの紛失に気づいた。伊予の態度が変化したのはその時点からだった。

「結論から言いますが、長谷部さんは井野さんがポーチを持ち帰るのを目撃したのだと思います」

「ポーチを持ち去ったのは、やっぱり井野くんなんですね」

井野の明るい笑顔を思い出した途端、理恵の胃が痛みを訴えはじめた。

「返却の際の状況を考えたら、間違いないと思います。ところで長谷部さんは、ポーチが理恵さんの持ち物だと知っていたのではありませんか？」

伊予とはよくファッションの話をするため、ポーチが理恵の物であることは知っていたはずだ。理恵がうなずくと、麻野は話を続けた。

「長谷部さんは、井野さんに想いを寄せていた可能性があるのですよね。おそらく長谷部さんは、井野さんと奥谷さんが仕事を終えた後にも個人的に会い、受け渡しするような仲だと勘違いしたのではないでしょうか」

「でも井野くんはどうして私のポーチを？」

麻野はお茶で喉を湿らせてから口を開いた。

「その説明の前に少し遠回りをしましょう。井野さんは恋人との別れが原因で、仕事に手がつかないほど悩んでいました。タイミングから、ボン・ファムについての質問も恋人がらみだと推測できます」

井野はフレンチレストランで、ボン・ファムという料理を食べたと話していた。井野くらいの年齢なら、家族でなければ異性と一緒に行った可能性が最も高いだろう。

「井野さんと一緒に食事をされた方は、ボン・ファムをきっかけに態度を変えたのでしょう。お相手の女性は、フランス語についてある程度詳しい方なのでしょうね」

どうやら井野の相手はフランス語の出来る女性らしい。

「また話が変わりますが、飲食店には忘れ物がつきものです。女性が忘れる定番のひとつがポーチで、当店でもたまに洗面所に置き放しになっています。井野さんの交際相手は奥谷さんと同じ物を所持していたため、井野さんはデスクの上のポーチをその女性の忘れ物だと勘違いしたのではないでしょうか」

麻野の説明では、あの場所に井野の元恋人がいたことになる。

「でもそんな人はあの場に……、あっ」

フランス語が出来る人間に、一人だけ思い当たった。Mariageという単語の間違いを指摘した際に大学でフランス語を習ったと話し、さらに理恵が持っていたものと同じ化粧ポーチを欲しがっていた。

「……つまり井野くんの別れた恋人が、今野さんってことですか！」

理恵は思わず頭の中で二人の年齢を計算していた。井野が現在二十六歳で布美子が三十七歳なので、十一歳の年の差になる。

「でも、まさか、今野さんと井野くんが？　ええ！」

「年の差のある恋愛なんて、素敵じゃないですか」

麻野が穏やかな口調で、なぜか少しだけ照れくさそうに言った。

混乱する頭を落ち着かせながら、理恵はこれまでの出来事を整理していった。

いつ頃からかは不明だが、井野と布美子は交際をはじめた。だが二人はそのことを隠した。同じ部署でもあるし、年の差も理由のひとつだったのかもしれない。

そんなある日、二人はフレンチレストランで食事をしていた。デートとしては定番のセレクトだ。二人とも仕事上で多くの飲食店と関わっているから、きっと素敵な店だったに違いない。

その際にウェイターが白身魚のボン・ファムをサーブして料理名を告げた。その瞬間から布美子の態度が変化した。ボン・ファムが良き妻という意味だと知っていたからだ。

「そうか。今野さんはボン・ファムという言葉を耳にして、井野くんとの将来を考えてしまったんですね」

麻野が静かにうなずく。井野が以前、子供が好きだと話していた飲み会で、布美子む。三十七歳の布美子にとって、子供という言葉は大きな葛藤《かっとう》を生むはずだ。妊娠や無事に出産出来る可能性は、現実問題として加齢と共に低くなる。布美子との結婚は、井野の理想とする家庭像から遠ざかるのだ。

そして二人は別れた。おそらく布美子から身を引いたのだろう。

井野と布美子が交際をはじめたのは、ゴールデンウィーク明けの飲み会以降なのだと思われた。それより以前に付き合っていたのなら、飲み会の時点で別れていたはずだ。

「井野さんはまだ今野さんを想っているのでしょう。ポーチを持ち去ったのも、会話のきっかけにしたかったのだと思います」

井野がポーチに気づいた時点で、布美子は先に帰っていた。忘れ物だと勘違いした井野はバッグに入れ、会社を出てしまった。

恋人について語る井野は、理恵の知らない愛おしむような顔をしていた。ポーチを手にする際にそんな表情を浮かべていたとしたら、伊予が理恵との関係を勘違いする可能性もあるかもしれない。

交際していれば化粧ポーチを見る機会はあったはずだ。ポーチを買ったのは井野だったのかもしれない。入手は困難だが、ネットオークションで高い金額を払えば不可能ではない。落札をしたからこそデザインを記憶していたのだろう。

「結構長い間あのポーチを使ってたんですけど、井野くんは私の物だと気づかなかったのですね……」

「男性には縁のない物ですから」

井野は布美子に連絡したが、ポーチの持ち主が理恵であることを知らされる。返さなければならないが、自分が持ち帰ったことは秘密にしたかった。理由を問われれば、布美子との関係について知られる恐れがあるからだ。

井野は早朝に出社して、理恵のデスクにポーチを置いた。そして自分の仕業であることを隠すために、始業までトイレで時間を潰《つぶ》そうとした。その際に隣の部署の男性社員に目撃されたのだ。

麻野が立ち上がり、キッチンから氷水を持ってきてくれた。口をつけると、喉を通る冷たい感触を心地よく感じた。

「要するに、二人の痴話喧嘩《げんか》に巻き込まれたってことですか」

「おそらくそうだと思われます」

布美子が苛立《いらだ》ちを露《あら》わにしはじめた理由も、今なら納得出来る。井野の現在の気持ちは考えるまでもなく明らかだが、同様に布美子の想いも間違いないと思えた。

抱えていた謎を麻野はあっさり解いてしまった。全てを知った理恵は、深々とため息をついた。事情がわからず苦しんでいた時より、心は軽くなっていた。

「ありがとうございます」

頭を下げると、麻野は首を横に振った。

「実は露が、奥谷さんの悩みを解決してほしいと僕に頼んできたのです」

「露ちゃんが、ですか？」

驚く理恵に、麻野がはっきりとうなずいた。

「あの子は、他人の感情……、特に辛いと感じている気持ちに敏感なのです。それで奥谷さんはきっと悩みを抱えているはずだと、僕に耳打ちをしてきたのですよ」

露は理恵を食事に誘う際に、麻野に何かをささやいていた。きっとあの時のことなのだろう。

「それと露は、奥谷さんが数日前から胃を痛めているはずだと心配していました。ですから奥谷さんの皿には、セロリとキャベツを多めに盛りつけさせていただきました」

露は初めて理恵を見た数日前の時点で、胃を痛めていることに気づいたらしい。直接お礼を言いたかったが、もうこの場にはいない。ただ露は普段、店内で朝ごはんを食べていると話していた。露と共にする食事は、きっと最高に美味しいはずだ。理恵はまた朝営業に訪れ、今度は一緒に朝ごはんを食べたいと願った。

5

「こんな時間に営業をしてたんですね。全然知らなかった」

伊予が物珍しそうに店内を見回した。

「他の時間には来たことがあるの？」

「ディナータイムには何度か。いい店ですよね。スープは美味しくて健康的だし、慎哉くんはイケメンだし」

しずくの朝食に人を誘ったのはこれが初めてになる。月曜早朝の店内には理恵たち以外誰もいなかった。

「いらっしゃいませ。お待ちしておりました」

麻野が一番奥のテーブル席に案内してくれた。理恵は伊予をドリンクコーナーとパンの盛られた篭に案内し、朝時間のシステムを説明する。理恵は酸味の強いオレンジジュースを選んだ。伊予はコーヒーをカップに注ぎ、パンを三つも皿に盛った。

先週末の金曜は井野の送別会だった。魚介の新鮮な居酒屋で、座敷席を借り切って三十人規模で行われた。布美子は一次会で帰ったが、理恵と伊予は二次会まで参加して夜十時頃に帰宅した。井野は男性社員に引きずられて三次会に消えていった。

麻野から真相を聞かされた理恵だったが、特別な行動は取らなかった。ただ同僚たちの仕事をフォローし、職場の雰囲気を明るくするよう努めた。

麻野の推理から数日後、理恵は井野に相談があると言われ、しずくで待ち合わせをした。井野は最初言い淀んでいたが、理恵は率直に布美子のことかと切り込んだ。気づかれていないと思ったらしく、井野は驚きで言葉を失っていた。

理恵は井野に、気持ちに正直になろうとアドバイスした。その結果、布美子と寄りが戻るのに半月もかからなかった。理恵の想像通り、布美子も想いを断ち切れないでいたのだ。

「井野くんをけしかけたのはあなただったのね。こんなにお節介な人だとは思わなかった」

交際を再開させた後に布美子にぼやかれたので、理恵はにんまりと笑った。

「今野さんって職場ではしっかりしているのに、普段は忘れ物が多いらしいですね」

布美子の顔がみるみる真っ赤になっていく。

井野の話によると、布美子は忘れ物が非常に多いらしかった。化粧ポーチを井野の家に忘れたことも一度では済まないそうだ。うっかりミスが多い性格だからこそ、仕事中は神経を張り詰めているのだ。

布美子は眉間にしわを寄せ、「後で説教してやる……」とつぶやいた。だが最後に「ありがとう」と小さく理恵に告げた。

両想いの二人が結ばれたのは喜ばしいことだが、思わぬ副作用をもたらした。井野が退職し、今よりも大きな会社に転職することになったのだ。

送別会で井野は、仕事が落ち着いたら籍を入れるのだとこっそり教えてくれた。二人の門出を、理恵は心から祝福したいと思った。

「ここのパンって小麦の味がしっかりしてますよね。スープが来る前に全部食べちゃいそう」

伊予の声は弾んでいて、落ち込んでいるようには見えなかった。

井野からの相談を受けてすぐ、理恵は井野の許可を取った上で伊予に事情を打ち明けた。伊予は最初茫然としていたが、すぐに井野と布美子の仲を応援するようになった。

普段は快活な伊予だが、気になる男性の前では大人しくなるらしい。

入社してからずっと井野に憧れていたそうだが、アプローチは一切していなかった。送別会の最中も伊予はずっと明るく振る舞っていた。伊予曰く「ちょっと好みだっただけ」らしいが、真相は本人にしかわからない。

「お待たせしました。今日は特別なスープをご用意しました」

真っ白な平皿に滑らかそうなポタージュがよそられていて、表面に刻んだパセリが浮かんでいた。オレンジがかった乳白色は暖かみを感じさせ、野菜の甘い香りが立ち上ってきた。

「フランスの家庭料理であるポタージュ・ボン・ファムです。主な材料はジャガ芋と人参で、他にはセロリやポロネギなどの香味野菜を使用しております」

思わず顔を上げると、麻野がいたずらっ子のような笑みを浮かべていた。

今日、伊予を誘って朝ごはんを食べに来ることは、数日前から麻野に伝えてあった。どうやら三ヶ月前のことを覚えていたらしい。

「いただきます」

ポタージュを口に含むと、思わず笑みがこぼれた。口当たりには角《かど》がなく、人参特有の苦みをジャガ芋の甘みが包み込んでいる。とろっとした食感が舌の上に留まり、ゆったりとポタージュを味わうことが出来た。黒胡椒が効いていて、心地良いアクセントになっていた。

ポタージュの味に、理恵は最近の布美子を連想した。

布美子はもともと有能さゆえに周囲との衝突も多く、井野との騒動では険のある部分が強調されていた。

しかしここ最近、布美子の態度が変化していた。現在も仕事には厳しいが、発言や行動が丸みを帯びているのだ。細やかな心遣いはこれまでの布美子にはないものだ。

「この味、たまらないですね。ところでボン・ファムってなんですか？」

上機嫌な伊予から質問される。理恵は麻野から推理を聞かされた後に、改めて辞書でボン・ファムの意味を調べた。bonneはフランス語で『良い』という意味であるbonの女性形で、femmeは『女』『妻』の両方の意味を持っている。

良い女性の指す意味は曖昧で、もちろん良い妻ともイコールとは限らない。

ただ、仕事に打ち込みながら最愛の人との結婚を決めた布美子を、理恵は心から輝いていると感じた。そして自分も、そうなりたいと思った。

「私たちも、いい女になろうね」

理恵はジュースのグラスを掲げた。本当ならお酒で乾杯したいところだが、早朝に飲むわけにはいかない。伊予は不思議そうにしながらも、コーヒーのカップを持ち上げた。

「もちろんです！」

グラスとカップが触れ合い、硬質な音を立てた。

理恵は、厨房脇の引き戸の隙間に露の姿を発見した。すでに理恵とは何度も朝ごはんを共にしているが、初対面である伊予に人見知りを発揮しているのだと思われた。

「露ちゃん、おはよう。一緒に食べよう」

呼びかけると、はにかんだ笑顔でドアから出てくる。伊予は「なにこの子可愛い！」と大声を出して露を驚かせていた。麻野は優しい眼差しを娘に向けている。

「えっと、おはようございます」

露の挨拶が店内に響き、朝の澄んだ空気に溶けていった。

第二話

ヴィーナスは知っている

1

さらりとしたクリームスープに大粒のアサリが贅沢に入っていた。貝殻の中の実《み》はふっくら大粒だ。スープには刻んだ人参や玉ねぎの他に、冬が旬《しゅん》のほうれん草も加えられている。

横長のスーププレートは真っ白な磁器で、薄く固く焼き上げられていた。表面は滑らかで、薄い光を放つように輝いている。白壁の簡素な店内に、白色の食器はよく合っていた。

スープ屋しずくの本日の朝ごはんはクラムチャウダーで、火を通した貝の濃厚な香りが店内に漂っていた。スプーンですくって口に含み、長谷部伊予は喜びのため息を漏らした。

「おお、今日も最高ですね」

アサリは肉厚で、嚙めば嚙むほど貝のジュースが溢《あふ》れてきた。ほうれん草は生でも食べられる品種らしく、さっと火を通してあるだけだ。シャキシャキな歯応えが心地良く、冬野菜特有の甘みが強く感じられた。生クリームではなく新鮮な牛乳を使っているようで、軽やかな風味と口当たりが朝にぴったりだった。

ＢＧＭのないしずくは静かで、カウンターの向こうで仕込みをする麻野の包丁の音だけが聞こえた。

「椎名先輩も元気が漲《みなぎ》ってきませんか。アサリもほうれん草も鉄分が豊富だから、いかにも貧血に効く感じが……、ってどうしたんですか！」

向かいの席に笑いかけると、椎名《しいな》武広《たけひろ》が涙を流していた。

目の下には濃い隈が浮き出ていて、洟《はな》をすすりながらスープを見下ろしている。白壁と木材で統一された店内は、朝の空気と相まって爽やかな雰囲気なのに、椎名の周囲だけが暗く淀んでいた。

「クラムチャウダーはあいつの得意料理だったんだ……」

「げっ、マジですか」

見事に地雷を踏んだらしい。伊予が振り向くと、店主の麻野がカウンターの向こうから心配そうにこちらをうかがっていた。

スープ屋しずくは健康に配慮した食材を選び、食べやすいスープという形で提供するのがコンセプトのダイニングレストランだ。栄養学や薬膳《やくぜん》などを取り入れた料理は仕事に追われた会社員――特にOLを中心に好評で、ランチからディナーまで連日賑わっている。

だが実はしずくには、秘密の営業時間があった。

平日の朝に限り、朝ごはんを提供しているのだ。

メニューは日替わりスープ一種類で、パンとドリンクはフリーになっている。偶然発見するか口コミ以外に気づく方法はなく、伊予は会社の先輩である奥谷理恵に教えてもらった。

伊予もすっかり気に入り、週に一度のペースで利用していた。特に仕事で疲れた時の朝に、しずくのスープのお世話になっていた。だからきっと椎名の喉も通るはずだと考えたのだが、日替わりメニューのタイミングが悪かったらしい。

「でも、せっかく長谷部が連れてきてくれたんだ。ちゃんと食べるよ」

緩慢な動きでスプーンを取る椎名に、かつての自信に満ちた雰囲気はなかった。

椎名は大学の二つ先輩で、伊予と同じ合気道部に所属していた。百八十センチを越える長身で、真っ直ぐ伸びた背筋《せすじ》と筋肉質な体躯《たいく》は実際以上に体を大きく見せていた。卒業から五年経ち、現在は食品を扱う輸入代理店の営業職を務めている。

「いっぱい食べてくださいね。そうしないとまた倒れちゃいますよ」

「そうだよな」

クラムチャウダーを口にした瞬間、椎名は小さく「おっ」と声を漏らした。それから一心不乱にスプーンを往復しはじめる。お気に召したようで、伊予の口元に笑みがこぼれた。半分ほど食べ終えたところで椎名が手を止めた。

「このクラムチャウダーもなかなかの出来だと思う。でも星乃《ほしの》特製のクラムチャウダーのほうが、生クリームの味が濃くて俺好みだった。何しろニューヨークで食べ歩いた末に再現した本場の味だからな」

「そうなんですか。食べてみたいなあ」

プロの味と張り合う辺りを椎名らしいと思った。昔から負けず嫌いで、自分が一番でないと気が済まない強気な性格だった。

ふいに麻野の包丁の音が止まる。素人の料理のほうが上だと断言されるのは、プロの料理人の気に障ったのかもしれない。心配になって振り向くと、麻野は不思議そうに首を傾げている。機嫌を悪くした様子ではないようだった。

時刻は七時半で、伊予は露がまだ店に下りてきていないことに気づいた。麻野の娘である露は、朝営業の時間中に店内で食事をとることがあった。

しずくの朝営業は早朝の六時半頃からはじまり、終了はだいたい八時から八時半くらいになっている。明確な時間は決めてはいないらしく、客の入りや天気などで変わるそうだ。

麻野一家はビルの上階で暮らしていて、露は七時過ぎくらいに下りてくる。そして徒歩で十五分程の場所にある小学校へ、登校時間である八時二十分に間に合うように店を出る。しかし今日は七時半を回っても露は姿を現さなかった。寝坊でもしたのだろうか。

椎名が唐突に口を開いた。

「思い出すよ。あいつがクラムチャウダーを作ってくれたのは、初めて俺の家に来た時だった……」

椎名が落ち込む原因は失恋にあった。恋人の二階堂《にかいどう》星乃が失踪したのは一月の終わりの出来事で、椎名はそれ以来ひと月近く食事がまともに喉を通らない状態が続いていた。そしてとうとう三日前、栄養不足と不眠が重なったせいで仕事中に倒れてしまったのだ。

椎名が倒れたという情報は、SNSを通じて伊予にもすぐに伝わった。そして椎名の職場が伊予の会社から徒歩で数分という縁もあり、元気づけるために食事へ誘うことになった。椎名が朝食を抜くことが多く、夜は残業で忙しいため、伊予は思い切って早朝のしずくへ案内することにしたのだ。

「あいつは頭が良くて気配りも出来る、本当に素晴らしい子だったんだ」

星乃は椎名の営業先である雑貨店でアルバイトをしていた。売れ筋商品などについて情報を交換している内に意気投合し、二人は交際をスタートさせた。

星乃は二十五歳で、一人暮らしだった。アメリカの古い小物類が好きで、将来は雑貨店を開くのが夢だった。そのための語学勉強としてニューヨークへ短期留学するなど、働きながら自分のしたい勉強に取り組んでいたそうだ。

それから椎名は、星乃のことを延々と褒めはじめた。いつまでも終わらないので、伊予は感心しながら言った。

「椎名先輩、本当に星乃さんが好きだったんですね。クラムチャウダーが十八番だったみたいですけど、他にも得意料理はあったんですか？」

「星乃がうちに来たのは一度だけで、手料理を食べたのはクラムチャウダーだけなんだ。今どき珍しい純粋な子で、手を握るだけで顔が真っ赤になっていたからな」

数ヶ月前にサークルOGの女子会で、椎名の新しい恋人の話題が挙がった。

星乃は清楚なお嬢様タイプで、夏場でも極力肌を露出しない女性らしかった。星乃の特徴を耳にした伊予はすぐに納得した。椎名は大学時代から、メイクも服装も派手な伊予みたいな女性とは正反対の素朴な女の子が好みだったのだ。

その女子会では、椎名と恋人が一年近く交際しているのに、未だに清い関係を続けているという極秘情報まで飛び出した。その場では信じられなかったが、どうやら本当のことらしい。

伊予は思い切って、星乃が消えた理由について訊《き》いてみた。すると椎名は口を固く結んでから、重々しい口調で話しはじめた。

「付き合って十ヶ月くらいした頃に、両親と会ってほしいと星乃に伝えたんだ」

椎名は両親に、結婚を考えた真剣な交際相手として星乃を紹介するつもりだったらしい。その話をすると、星乃は唐突に泣きはじめた。椎名は喜びの涙だと考えたそうだが、その直後に星乃と連絡が取れなくなった。勤務先の雑貨屋も辞め、自宅マンションも引き払っていた。

経緯《いきさつ》を話し終え、椎名は深くため息をついた。腕時計を確認すると出社時刻が近づいていた。伊予の会社のほうがしずくから近いため、椎名が先に店を出ることになった。椅子から立ち上がる前に、椎名が伊予に弱々しい笑みを向けた。

「心配させて悪かった。ここ、いい店だな」

「この店の朝営業は、疲れた人にリフレッシュしてもらうために開けているみたいですよ。今の先輩にぴったりですよね。あ、そうだ、今度合コンしましょうよ。新たな出会いがあれば、きっと元気も出ますから！」

椎名が鈍重そうに首を横に振った。

「悪いけど、そんな気分にはなれない。星乃は俺の……、運命の人だから」

「おお、運命の人って素敵ですね。そこまで言えちゃう人がいるなんて憧れるなあ」

伊予は照れ笑いを浮かべる椎名を、馬鹿みたいだと思った。

一人、先に店を出ていく椎名を、伊予は背後から眺める。丸まった背中は大学時代に見つめていた頃より小さかった。

椎名の姿が消えてすぐ、伊予はため息をついた。一言も喋らず、じっと席に留まる。

しばらくそうしていると、会社の出社時刻が近づいてきた。伊予は立ち上がり、淡いピンクのドレスコートに袖を通した。会計を済ませている間に、伊予は麻野に訊ねた。

「今日、露ちゃんはどうしたんですか？」

「もう小学校へ向かったはずですよ。店で食事をとるかは本人の意志に任せてあるのです。長谷部様がお食事をされている間に、露の分のスープは自宅に運んでおきました」

「なるほど。椎名先輩は図体がでかいですから、露ちゃんは怯えちゃったわけですね」

「いえ、そういうわけでは……。露は人見知りの気があるので、たまにこういうことがあるのですよ。本人も治したいとは思っているようですが」

麻野は困り顔で否定するが、内心で同意しているのは表情から明らかだった。

「いいですって。椎名先輩は、ひと睨《にら》みでチンピラを退散させたこともありますから。それじゃ、ごちそうさまでした！」

伊予が外に出ると、身を切るような寒さが肌に襲いかかった。今日は二月の中でも特に気温が下がるらしい。伊予はコートの袖口を握りしめた。息を吸い込むと、肺の奥から全身が冷えていくように感じた。

2

翌週、伊予は理恵と一緒にランチタイムのしずくに向かった。

理恵とは数ヶ月前に少しだけ険悪になったことがあるが、問題が解決して以来距離が近づいていた。理恵は真面目でマイペースな性格で、仕事に一生懸命取り組む姿勢が社内外から評価されていた。

そろそろ入社二年目になる伊予は、基本的な仕事は全て理恵から教わった。だが理恵の時おり抜けている面が可愛らしくて、伊予はこっそり姉みたいな存在だと思っていた。

しずくに向かう理恵の足取りは軽く、上機嫌なことが伝わってくる。グレーのトレンチコートを着こなし、鮮やかな赤のマフラーを巻いている。二月の空気は冷たく、伊予はかじかんだ指先に痺《しび》れを感じた。

しずくの前に到着した理恵が、窓から店内を覗き込んでつぶやいた。

「満席かな」

「まじっすか。相変わらず人気店ですね」

伊予がドアを開けると、店内から喧噪がもれてきた。正午を過ぎてすぐの時間なのに、座席は全て埋まっているようだった。

「いらっしゃいませ。あっ、奥谷さん、伊予ちゃん、こんにちは！」

「慎哉くん、今日もがんばってるね」

慎哉が慌ただしくホールを歩き回っていた。冬なのに小麦色の肌と細すぎる眉毛は、相変わらずホストを思わせる風体だ。女性客に冗談ばかり飛ばしているお調子者で、伊予にとって気楽に話せる相手だった。

麻野とは付き合いが長いらしく、兄弟同然の関係だと話していた。さん付けを堅苦しく思っているようで、「慎哉くん」と気安い感じで呼んでほしいと言われてあった。ある程度親しくなるとみんなに同じことを頼むらしく、女性客の大半は慎哉くんと呼んでいる。

理恵が覗き込むように首を伸ばしているが、店主の麻野の姿は見えなかった。店の奥にある厨房《ちゅうぼう》で調理に専念しているらしい。ドリンクを客に提供した後伊予のもとへ来て、慎哉は申し訳なさそうに手のひらを合わせた。

「さっき満席になっちゃってさ。待ちだと時間がかかりそうなんだ」

仕方ないので、持ち帰りをお願いすることにした。慎哉は「ごめんね」と軽い調子で謝ってから、忙《せわ》しなく仕事へ戻っていった。

入り口のすぐ脇にあるテイクアウト専用のスペースで、理恵と伊予はメニューを眺めた。朝の時間にドリンクとパン篭《かご》の置かれる場所が、昼は持ち帰り客のための受付になっているのだ。

伊予はコーンポタージュとAセットを注文する。Aセットはパンと日替わりの総菜二品がついてきて、今日はラタトゥイユと揚げ太刀魚のマリネだった。

理恵が悩んでいたので、伊予は日替わりのポタージュをお勧めした。

「ひょっとして今朝も来たの？」

「しずくなら三食でもオーケーですから」

日替わりスープはブロッコリーのポタージュだった。ブロッコリーは冬が旬で、欧米では栄養宝石の冠という格好良いのか悪いのか悩む名前で呼ばれているらしい。

結局理恵は伊予のアドバイスに従って、日替わりスープとCセットを注文した。パンが無しでサラダとミニデザートがついてくるヘルシーなセットで、今日は水菜とグレープフルーツのサラダと黒ごまのムースだった。

注文から数分で、アルバイトの女の子が料理を用意してくれる。その頃には持ち帰りスープを待つ客で短い行列が出来ていた。

伊予たちは店を出て、座って食べられる場所を探した。

勤務先の会社のあるオフィス街はビルが林立しているが、合間に多くの公園が造成されている。三分ほど歩き、遊具がブランコだけの小さな公園にやって来た。ベンチが空いていたので、伊予たちは並んで腰かけた。

銀杏《いちょう》の木はすっかり葉が落ち、細い枝の隙間から灰色がかった冬の空が見えた。スープが容器越しに凍えた指先を温めてくれて、蓋を開けると白い湯気がとうもろこしの匂いを運んだ。

「いただきます」

紙の容器に黄色いコーンポタージュがなみなみと注がれていた。プラスチックのスプーンを差し入れ、口に入れると濃厚な甘みが広がった。飲み込むと、喉から胃に落ちていくのが熱で伝わった。生クリームなどの油分は控えめなようで、後味がさっぱりしている。コーンの粒を嚙むと、皮のプチッとした歯ざわりが心地良かった。

「しずくのコーンポタージュは天下一品ですね。日替わりもいいですけど、基本のメニューも捨てがたいんですよね」

「そうだね。私も好きだよ。でも今日の日替わりのポタージュもいいね」

理恵も幸せそうに、ブロッコリーのポタージュを口に運んでいた。

伊予は、今朝食べた味を思い出す。伊予は元々、ブロッコリーの青臭さが得意ではなかった。しかしブロッコリーのクセをクリームの風味が優しく包み込み、さらに舌触りが滑らかなため嫌味なく食べることが出来た。繊維質の多いブロッコリーとは思えない喉越しから、麻野の丁寧な仕事が伝わってきた。

ふいに理恵が訊ねてきた。

「どうして麻野さんは、朝に営業してるんだろうね」

「うちらみたいに頑張ってるサラリーマンに、元気になってほしいからですよね？」

以前、理恵を通して耳に入ってきた情報だ。伊予が公園を見渡すと、スーツ姿の男性がちらほら見受けられた。

「どうしてその考えに至ったのか、麻野さんの心境が知りたいんだ」

「随分と麻野さんにご執心っすねえ」

伊予が茶化したように言うと、理恵が頬を赤くして首を引っ込めた。そして慌てたように話題を変えてきた。

「そういえばさ、この前の先輩は元気になった？」

理恵にはすでに、椎名のことを話してあった。

「前よりは元気ですけど、まだ顔色は悪いですね」

伊予は首をひねりながら、ラタトゥイユを口にする。くたくたに煮込まれた野菜にトマトの味がよく染み込み、タコの歯応えが良いアクセントになっていた。

椎名はしずくの朝食がお気に召したらしく、今朝も伊予と一緒にしずくへ足を運んでいた。未だショックから立ち直れていないが、しずくのスープは喉を通るようだった。

「本当に面倒です。椎名先輩は学生時代から人に迷惑ばかりかけてるんです。頭に血が上りやすくて、大学時代も他人と衝突してばかりでしたし」

「喧嘩とかする人なの……?」

理恵が不安そうに訊いてくるので、伊予は椎名がキャバクラで起こした騒動について話すことにした。

一年と少し前、椎名は会社の上司とキャバクラへ行った。椎名は派手な女性が苦手だが、直属の上司からの誘いだったため断り切れなかった。そして上司が頻繁に通っているという店に同行することになった。

椎名は不機嫌だったものの、キャバ嬢と当たり障りのない会話を交わしていたそうだ。すると椎名の近くにいた中年の客が、店の女の子に絡んでいる声が聞こえた。泥酔した客は人生の教訓を語っていたが、次第に聞くに耐えない中傷に発展していった。

そこで椎名は我慢出来なくなった。

「おっさん、いい加減にしろよ。今すぐその子に謝れ」

椎名が注意をすると、中年の客も反論して手を出し合う寸前の言い争いになった。

一触即発の状況になったところでバックヤードから屈強な店員が現れ、椎名たちは強制退店となった。

「この話、椎名先輩本人から聞いたんです。自慢気な口調で、面倒事を起こした反省がちっともありませんでした。しかも助けた女の子が入れ墨をしていたから『親からもらった身体に何てことを！』とか叱《しか》ったらしくて。ほんと、何なんでしょう」

「長谷部さんはその先輩のことをどう思っているの？」

「外見はまあまあ好みですよ。性格はまあ、そこまで悪い人じゃないんですけどねえ」

伊予は肩を竦《すく》めた。理恵はスープを飲み終え、サラダを咀嚼《そしゃく》していた。水菜は葉先がピンと立っていて、グレープフルーツは粒々がキラキラしている。両方とも見るからに新鮮そうで、理恵は幸せそうな笑顔で口に運んでいた。

「そもそも先輩の好みは真面目で慎ましく、なおかつ成績の良い子なんで、あたしみたいなのはアウトなんですよ」

椎名の実家は地方の旧家で、幼い頃から厳格に育てられたそうだ。跡継ぎである兄に至っては、親の目に適《かな》わないという理由で恋人と無理やり別れさせられたこともあるらしい。

「これまでの椎名先輩の彼女は、例えば旦那様の一歩後ろを歩くみたいな子ばかりでした」

「そういう子って男性の受けがいいよね」

「大人《おとな》しそうな子に限って、彼氏が途切れないんですよねえ」

同意し合った後、伊予は改めて理恵を見つめた。理恵のシンプルなファッションは洗練されていて、男勝りな凛《りん》とした雰囲気を持っていた。仕事が出来る空気を纏《まと》うと、男は寄りつきにくくなる。仕事一筋で恋愛になんて興味ないという態度のくせに、イケメンで年下の彼氏をゲットした上司もいたけれど、あれは例外中の例外だ。

理恵も同じように、伊予の全身を見ているようだった。

伊予は明るい茶色のショートヘアをふわふわになるようカットしていて、アイラインを強調させたメイクは派手な印象を周囲に与える。合コンにおける男性受けは清楚系のほうが良いが、今のスタイルを変える予定はなかった。

「先輩的に麻野さんはどうなんですか？　まあ、結婚してるみたいですけど」

「麻野さんの奥様はもう亡くなられているよ」

「そうなんですか？」

伊予は驚いて聞き返した。

「露ちゃんから聞いたから間違いない。本当、悲しいよね」

「そうだったんですか」

伊予はコーンポタージュを飲み干すが、会話に夢中になったせいで完全に冷めていた。理恵が空を見上げたので、伊予もつられて顔を上げた。無味乾燥なビル群に囲まれ、空はひどく狭かった。公園に視線を戻すと、枯葉が渇いた風に運ばれていった。

椎名と伊予がしずくに初来店してから一ヶ月が経過した。

寒さが少しずつ和らぐにつれ、椎名の体調も回復していった。しかし塞ぎ込みがちなのは相変わらずで、伊予は椎名をしずくに誘い続けた。

露は椎名の存在に慣れたらしく、早朝の店内で食事をとるようになった。しかし椎名は子供を相手にする余裕がないようで、二人が会話を交わすことはなかった。

なぜ星乃は失踪したのだろう？　伊予は、星乃が消えた理由を考えるようになった。

椎名側からの話だけでの判断だが、二人は幸せそうなカップルだったように思えた。椎名を振ったと考えるのが自然だが、住処《すみか》を引き払ったり職場を辞めたりまでするのは疑問だった。姿を消した理由を明らかにすれば、椎名も星乃を吹っ切れるかもしれない。

辛気臭い椎名をこれ以上見るのは嫌だった。そう考えた伊予は、出来る範囲で星乃を調べることにした。

『人を探してるんだけど、この写真の女の子知らない？　先輩の元カノなんだ』

椎名から貰った顔写真をメールに添付し、知り合いに一斉送信する。しかし返信は全て『わかんない』『知らない』という文面ばかりで、成果は芳《かんば》しくなかった。

次に伊予は、休日に星乃が勤務していた雑貨店を訪れた。

私鉄の駅を降りて徒歩五分の場所にある小さな店だった。内装はカントリー風で、アメリカから輸入したという雑貨や文房具、オーガニック食品などが所狭しと並べてあった。店長は無地の綿のシャツを着こなした、はきはきした喋り方の女性だった。

星乃について訊ねると、店長は眉間《みけん》にしわを寄せた。

「突然辞めてしまって、お客さんも残念がっていたわ」

椎名が倒れたことを伝えると、店長は星乃について詳しく教えてくれた。仕事上の付き合いがあるため、店長も椎名と面識があったのだ。

星乃が勤務していた期間は一年程だった。勉強熱心で接客も上手く、客からの評判も上々だったそうだ。

店長の話の中に気になる情報があった。椎名の話では星乃は語学が堪能《たんのう》だったが、実際は流暢《りゅうちょう》と言える程ではなかったらしい。ただ、来店する外国人客に身振りを交えて対応するくらいの英語力はあったそうだ。

話を聞き終えて退店したところで、伊予のスマートフォンが振動した。メールを送信してきたのは合コンで知り合った男性で、画面に『この女に似た人を見たことある』という文章が表示された。

早速電話をかけると、数回のコール音の後すぐに男性の声が聞こえた。簡単な社交辞令を交わしてから本題に入ると、男性は軽い調子で説明をはじめた。

「実は写真にそっくりな子をキャバクラで見たんだ」

「キャバクラ？」

電話の男性は、写真の女性に似たキャバ嬢に接客されたことがあるらしかった。伊予はすぐに外れの情報だと判断したが、失踪後にキャバクラ勤務をはじめた可能性もありえる。一応耳を傾けたが、男性が接客を受けたのは一年以上前の出来事だった。

キャバ嬢の源氏名はセイラで、電話の男性は何度か指名したらしい。しかしすでに店を辞めているそうだ。

特徴を訊ねると「一般常識レベルの知識も覚束《おぼつか》ないアホっぽい子」「腕と足に揚羽《あげは》蝶《ちょう》のタトゥーをしていた」と返事をされ、伊予はそれ以上話を聞く気を失った。椎名が語る星乃とは全くの別人だ。

最後に男性が伊予の予定を訊ねてきたので、適当にあしらって電話を打ち切った。スマートフォンをバッグに入れ、伊予は顔を上げて息を吐いた。

「こんなところまで来て、何してんだろ」

周囲には初めて降りる駅の、見知らぬ景色が広がっていた。ため息は白く変わり、空気中に拡散していった。

伊予の通勤ルートの途中に桜並木があり、つぼみが膨らみはじめていた。椎名と朝の食事を一緒に摂るようになってから二ヶ月が経過した。

待ち合わせの朝七時に到着すると、椎名はすでにしずくの店内で待っていた。しずくで朝ごはんを食べる必要性は失われているが、伊予は数日に一度は必ず椎名を誘っていた。

「星乃について、変なことを思い出したんだ」

最近は雑談ばかりで、椎名が星乃の話題を口にするのはひさしぶりだった。

それは星乃とのデート中に起きた出来事だった。二人が繁華街を歩いていると、ヒールを履いていた星乃が派手に転倒した。椎名が手を差し伸べるが、星乃はその場から起き上がれず足首を手で押さえていた。

星乃は苦痛で顔を歪《ゆが》めていたが、大丈夫と繰り返して椎名の差し伸べた手を取らなかった。靴下のせいで、患部が腫れているか判断できなかった。

脂汗を流す星乃が心配で、椎名は病院で診断を受けることを勧めた。しかし星乃は頑なに拒絶した。そして心配する椎名をよそに、タクシーを止めて一人で帰宅してしまったのだ。

星乃の態度に椎名は憤慨したが、翌日にメールが届いた。文面には足首の骨に軽いヒビが入っていたという報告と、痛みで混乱しておかしな態度を取ったことへの謝罪が記されていた。数日後に出会った星乃は、足首を包帯で固定していたそうだ。

「確かに不自然ですね」

痛みがひどいなら椎名の手を借りればいい。だが星乃はＭＲＩでの診断を勧める椎名の提案を無視し、ただ首を振っていたという。

熱したフライパンに食材が放り込まれる音がして、店内に油で炒められた野菜の匂いが広がった。朝営業の時間は仕込みの時間でもあるので、麻野はいつも手際よく調理を進めている。

スプーンを口に運ぶ椎名の動作を、伊予はじっと見つめた。

まるで恋人同士が一緒に朝を迎えているみたい。

そんな言葉が頭に浮かび、伊予は考えを振り払う。しかし脳裏には高校三年の夏――蟬《せみ》の声が響く公園の光景が鮮明に蘇った。

「何だよ」

「別に、何でもありませんよ」

見つめられていることに気づいたのか、椎名が眉間にしわを寄せた。伊予が意地悪っぽく返事をすると、椎名は居心地悪そうに口を尖《とが》らせた。

数日後、自分の部屋でくつろいでいると、椎名から電話がかかってきた。

「星乃が帰ってきてくれたんだ！」

「本当ですか。今までどこにいたんですか。まあ、とにかくよかったですね！」

涙ながらに報告してくる椎名に対し、祝福の言葉は自然と出てきた。

「お前の励ましのおかげで、星乃が戻るまで待てたよ。今度お礼をさせてくれ」

「お礼なんていいですって」

椎名が感謝の言葉を繰り返すので、伊予は用事があると言って電話を切り上げた。

スマートフォンを耳から離し、ゆっくり深呼吸をする。

最初は本当に、椎名を心配していただけだった。

だけど繰り返し会う内に、徐々に昔の気持ちが蘇っていった。調査をはじめた時点でも、半分は椎名を元気づけるのが目的だった。残り半分は自分のためだったけど、それは今、達せられないことが判明した。

涙がこぼれそうになり、伊予はベッドに飛び込んで枕に顔を押しつけた。

3

椎名の好みど真ん中というのが、星乃から受けた第一印象だった。立ち居振る舞いがたおやかで、お茶を飲む仕草にも品があった。

伊予の正面には、椎名と星乃が隣り合って椅子に腰かけていた。麻野はいつものように朝の仕込みをしている。カウンターではたまたま来店していた理恵が、露と並んで座ってスープを楽しんでいた。

椎名からのお礼として、当初はしずくのディナータイムを予約するはずだった。しかし椎名に急な仕事が入ったことと、星乃が朝営業に興味を抱いたことから、急遽《きゅうきょ》早朝の食事会となった。

星乃がおずおずと口を開いた。

「実は、交通事故に遭ったのです」

姿を消す直前、星乃は車に跳ねられたらしい。命に別状はなかったが、星乃は体に大きな傷跡を残すことになったという。

星乃はしずくに来店してから、何度も左肩に手を添えていた。長袖のブラウスの下には生々しい事故の痕跡が隠されているそうだ。肩から二の腕にかけての裂傷は縫い目が十センチ以上あり、足首には真っ赤な擦過傷の跡があるというのだ。

医者から傷が残ると聞かされ、星乃は頭が真っ白になったらしい。醜い傷を抱えたままでは椎名から嫌われると思い込み、何も言わずに姿を消したそうなのだ。

だが一旦は離れたものの、星乃は椎名を忘れることが出来なかった。そんな折、椎名が倒れたという情報を雑貨店の店主から入手した。伊予が店を訪問した後、辞めた非礼を詫《わ》びるために連絡をしたそうなのだ。伊予の調査も少しは貢献していたらしい。

星乃は自分勝手だと承知した上で、三ヶ月ぶりに椎名と連絡を取った。そして全ての事情を打ち明けた結果、椎名は傷跡ごと星乃を受け入れたというのだ。

「武広さんから、長谷部さんに大変お世話になったとうかがいました。一度お会いしたいと思っていたのです。ご迷惑をおかけして、本当に申し訳ありませんでした」

星乃は伊予に向け、深々と頭を下げた。目の端には涙が浮かんでいた。

「そんなことでいなくなるなんて、星乃は馬鹿だよ」

椎名が悲しそうな顔で笑いかけると、星乃はうつむいて口を開いた。

「武広さんが、肌の綺麗な女性が好きだと言っていたから……」

「傷なんかでお前を嫌いになるわけないだろ。俺は星乃の全てを受け入れる。これからは何でも正直に話してくれ」

「……はい」

星乃がうなずいたのを見計らったように、麻野がスープを運んできた。

「お待たせしました。魚介のスペイン風トマトスープでございます」

麻野がテーブルに人数分の陶器のスープ皿を置いた。ふちの部分を見ると、皿が幾何学紋様で飾られているのがわかった。

サフランの独特な甘い芳香が強く漂っていた。トマト仕立てのスープにサフランの黄色が溶け込んでいる。海老やアサリ、白身魚などの魚介がふんだんに入れられ、赤や黄色のパプリカが色味のアクセントになっていた。

「それじゃ、いただきます」

伊予は早速スープを口に入れる。トマトの酸味と魚介の旨味という定番の組み合わせが、サフランの蠱惑《こわく》的な香りによって全く別の顔を見せていた。白身魚は脂が乗っていて、身も柔らかくふっくらしている。しずくのブラックボードによると、サフランにはサフナールという香り成分が含まれていて、体を温める作用があるらしい。

酸味が食欲を刺激し、朝でも食べやすい味だった。伊予たちは談笑をしながら、あっという間にスープを平らげた。

食事を終えたところで厨房から麻野が顔を出した。

「いかがでしたか？」

「私もトマト料理が好きなのですが、こんなに感動したのは初めてです」

「喜んでいただけて光栄です」

伊予はふと、椎名の自慢話を思い出した。

「星乃さんってクラムチャウダーが得意なんですよね」

「こいつのクラムチャウダーは最高だぞ。何しろ本場の味だからな」

自慢気な椎名に対し、星乃は困ったように両手を振った。

「そんな大層な代物ではありません。留学中にお店を食べ歩いていただけです」

会話はなごやかに続き、椎名たちが店を出る時間になった。椎名がお手洗いのために席を立ち、その間に伊予は星乃に話しかけた。

「末永くお幸せに。椎名先輩はあなたにべた惚れですよ。何せ運命の人なんて恥ずかしい台詞《せりふ》を、真顔で言ってのけたくらいですから」

「ありがとうございます。武広さんは私にとっても……、運命の人です」

椎名が戻り、二人は手を繋《つな》いで店を出て行った。背中を見送りながら、伊予の胸中は疑問で一杯だった。伊予の祝福に、星乃は幸せそうな笑みを浮かべた。しかしその直前に一瞬だけ、悲しそうに目を伏せたのだ。

始業まで時間があったので、伊予は理恵に話しかけた。

「散々騒がせて、結局あんなにイチャイチャしやがるんですよ。あきれちゃいます。あたしに会いに来たのだって絶対に牽制《けんせい》ですよ。そりゃ怪我《けが》をしたのは気の毒ですけど」

「お淑《しと》やかな人だったね」

理恵は当たり障りのない返事しか言わなかった。

「麻野さん、あの人をどう思います？」

「運命の人とまで言える相手がいるのは、素敵なことですよね」

麻野が慈しむような表情で口角を上げた。早朝から伊予の愚痴に付き合う人は誰もいないらしい。

そこへ突然、露が話しかけてきた。

「……あの人、すごく苦しそうだったね」

「どういうこと？」

「特に怪我の説明をしている時が、本当に辛そうだった。もしかしたら、すごく悲しい嘘をついているのかも」

露の言葉に伊予は困惑し、麻野や理恵も同じ反応をしていた。

麻野が厳しい口調で言った。

「露、軽々しく人が嘘をついているなんて言ってはいけないよ」

麻野の注意に、露は不満そうに唇を尖らせた。

「でも私も嘘をついちゃった時、普通に振る舞おうとするけど、心はすごく苦しくなる。あの人も、そんな気持ちと同じなのかなって思ったんだ」

「確かに二階堂さんは、後ろめたい気持ちでいるかもしれない。だけど人はそれぞれ複雑な事情を抱えて……、あっ」

今の麻野の発言を、伊予は聞き逃さなかった。

「麻野さん、後ろめたいって何ですか。星乃さんは嘘をついているんですか？」

朝営業に通い詰めていたから、事情はある程度麻野の耳にも入っているはずだ。麻野は気まずそうな顔を浮かべ、伊予から目を逸らした。

「申し訳ありませんが、お客様の情報を無闇に広めるのはちょっと……」

麻野の態度は客商売としては正しかったが、伊予は引き下がらなかった。

「じゃあヒントだけでもください！」

麻野が小さくため息をついた。

「それでは特別に一つだけ。椎名様と縁があった方で、タトゥーをしていた女性はいましたか？……これ以上はご勘弁いただけますか」

伊予の脳裏にキャバ嬢のセイラが思い浮かんだ。麻野は自分の発言を後悔しているようで、落ち込んだ顔で肩を落としていた。

時間が来たので、伊予は理恵と一緒に店を出ることにした。

出社後は通常通りの業務をこなし、退社してからスマートフォンで電話をかけた。

「この前は情報ありがとう。それであの時教えてくれた、セイラさんっていうキャバ嬢が働いていた店の名前を教えてほしいんだ」

自宅に戻った伊予はすぐにスウェットに着替え、洗面所でメイクを落とした。コンタクトレンズを外し、自宅用の野暮ったい眼鏡をかける。母親に夕飯の献立を訊ねるとハンバーグという嬉しい返事をもらった。夕飯まで時間があるそうなので、伊予は自室でファッション誌を読んで過ごした。

本棚には、雑誌や仕事で使うデザイン関連のムックが並んでいる。しかしもう一つ、高校時代から使っている本棚には少女漫画が詰め込まれていた。

伊予は小学校から高校まで漫画に夢中だった。オシャレやアイドルの話題にはついていけず、地味で真面目な女の子のグループに所属していた。現実の恋愛に縁がない分、少女漫画のような出会いに憧れていた。

そんな伊予に信じられない出来事が起きた。

大学受験を控えた夏休みに、伊予はひとりで公園を歩いていた。そこで伊予は不良から声をかけられた。

金髪の男は、馴《な》れなれしい口調で伊予をカラオケに誘ってきた。何度断っても諦めず、最後には強引に腕を摑《つか》んで引っ張ってきた。小さく悲鳴を上げると、背後から突然声をかけられた。

「嫌がってるだろ。離してやれ」

振り返るとジャージ姿の青年が金髪を睨んでいた。背が高く筋肉質な体型で、顔は人気漫画の主人公に少し似ていた。年齢は二十歳前後だろうか。バッグから柔道着のようなものが見えたせいか、金髪男はばつが悪そうにして去っていった。

「あ、ありがとうございます」

青年は名前も告げずに立ち去ったが、伊予はバッグに刺繡《ししゅう》された大学名を覚えてい偏差値を調べると第一志望の少し上で、希望する学部もあることが判明した。日程も他の大学と重ならないため、伊予は記念に受験してみることにした。青年と再会出来ると本気で思っていたわけではないが、蓋を開けると第一志望や滑り止めが落ちたのに、その大学だけは合格していた。

その時点で再会を夢見るようになったが、野暮ったい容姿では相手にされないと思った。そこでメイクの練習をはじめ、貯金を果たいて流行のファッションを買い漁った。典型的な大学デビューは、雑誌の切り抜きを美容院へ持っていき「同じ髪型にしてください」と告げることで完成した。

だからサークル勧誘でその青年、椎名武弘と再会した時伊予は心から信じた。

――きっとこれは運命なんだ。

甘酸っぱい過去を思い出し、伊予は自嘲《じちょう》気味に笑った。

夕飯を済ませた伊予はシャワーを浴び、部屋で化粧水を顔にぱしゃぱしゃと染みこませた。発泡酒のプルタブを開け、半分を一気に煽《あお》る。

椎名は伊予を覚えていなかったが、迷わず合気道部に入ることに決めた。しかしその翌週には椎名に彼女がいることが判明した。しかも恋人は数ヶ月前までの自分に近い、垢抜《あかぬ》けているとは言い難い容姿の女性だった。

部活を辞めるか悩んだが、合気道自体は楽しかったので続けることにした。クラスでは派手めのファッションのグループに入ったため、元の地味な格好に戻るのも難しかった。

そのうちに伊予に彼氏が出来て、椎名はただの先輩になった。運命の恋なんて勘違いに過ぎないと、過去の自分を恥ずかしく思うようになった。

でも運命とまで信じた相手のことは、簡単に忘れられないらしい。だからこそ見知らぬ町を歩き、わざわざ星乃のことを調べたのだ。もし星乃が椎名を騙《だま》しているのだとすれば、伊予はどうしても許せそうになかった。

4

伊予は椎名に、星乃について大事な話があるというメールを送信した。待ち合わせ時刻はしずくのディナータイム開店直後で、椎名は会社から直接来たためスーツ姿だ。仕事の合間に無理やり時間を作ってもらったので、椎名は店に来た時点から機嫌が悪そうだった。

伊予と椎名はまずドリンクだけ注文した。二杯の烏龍茶《ウーロン》が到着してから、伊予は早速本題に入ることにした。

「星乃さんは留学先の話題で、トマト味のスープについて話したことはありますか？」

伊予の質問に、椎名が首を横に振る。予想通りの反応だったので、伊予は話を続けた。

「クリーム仕立てのクラムチャウダーは、ボストン風って呼ばれてるんですよ。ですがボストン風以外に、イタリア移民が作ったトマト仕立てのクラムチャウダーがあるんです」

「それは何の話だよ」

「トマト仕立ての方はマンハッタン風と呼ばれているのですが、マンハッタン島があるのはニューヨークですよね」

椎名が怪訝《けげん》そうな顔を浮かべる。麻野曰く、アメリカでもミルク入りのほうが人気のため、ニューヨークでもボストン風クラムチャウダーの方が主流らしかった。だがニューヨークに留学し、なおかつトマト料理が好きだと話していた星乃が、マンハッタン風を話題に挙げないのは不自然だ。

「星乃さんは本当に留学をしたんですか？」

「……何だと」

椎名の表情が険しくなる。伊予はバッグからタブレット端末を取り出した。パネルを操作して、キャバクラの店内で撮影された画像を表示する。男性客と数人のキャバ嬢が並んでいる中で、白いドレスの女性を拡大して椎名に見せた。

「この女性、星乃さんに似てると思いません？」

「化粧が濃すぎるし、星乃はこんな派手な服は着ない。背格好が似ているだけだ」

「それじゃあ、女性の肩と足首を見てください」

伊予が指さした途端に椎名の顔色が変わった。左肩と足首に、それぞれ異なるデザインの揚羽蝶のタトゥーが彫ってあった。どちらも星乃が事故で怪我を負い、傷跡が残ったと打ち明けた場所と一致している。

椎名がうなるように言った。

「確かに同じ場所だが……」

露出の少ない洋服を好んで着ていたのは、清楚な女性として振る舞う目的もあったのだろう。だが一番の理由は、タトゥーが原因で椎名に肌を晒《さら》せなかったのだ。

椎名はタトゥーをしているような女性を敬遠している。それを知っていたからこそ、星乃は嘘をついたのだ。

黙り込む椎名に対し、伊予はタトゥーの除去方法を説明する。

小さい場合はレーザー処理で消すことが可能だが、火傷のような痕が出来る。大きいタトゥーではさらに大がかりな手術が必要になる。タトゥーを皮膚ごと切除した後に皮膚を縫い合わせるのだ。

この方法なら完全に消すことが出来るが、代償として縫合痕が残り、さらにタトゥーが大きい場合は手術を数回に分ける必要があった。タトゥーの一部を切除した後に皮膚を伸ばし、伸びきってから再度切除をするという処置を繰り返すのだ。

「皮膚が完全に伸びた状態で定着させるのは時間が必要になります。だいたい、二ヶ月から三ヶ月かかるらしいです」

椎名が倒れてから星乃が姿を現すまでの期間は二ヶ月で、大きなタトゥーを消すことが可能な時間だ。

椎名は背中を丸め、うつむいたまま動かない。その姿をひどく小さく感じた。

これで椎名は、星乃が嘘つきだとわかってくれる。そうなることを望んで、伊予はこの話を暴露した。そのはずなのに、なぜか伊予は胸に痛みを感じていた。

「失礼します」

麻野が席に近づいていて、二人分のスープをテーブルに載せた。取っ手のついた大きめのスープカップから、魚介類の香りが鼻孔に飛び込んできた。

スープは透明で、刻んだ野菜とたくさんの二枚貝が入っていた。注文はまだしていない。伊予が疑問の眼差しを向けると、麻野から屈託のない笑みを返された。

「ロードアイランド風クラムチャウダーです。僕からのサービスですので、遠慮なくお召し上がりください」

「クラムチャウダー？　でも、これって……」

「知名度は低いですが、アメリカの小さな州で愛されている、トマトもミルクも使用しない第三のクラムチャウダーです。質の良いホンビノスガイを入手したので試してみました。クラムは二枚貝という意味なのですが、アメリカではアサリではなくホンビノスガイが使われているのですよ」

　スープに入っている貝はアサリよりも一回り大きく、見た目はハマグリにも似ていた。

「余計な手を加えていない、そのままの味をお楽しみください」

　麻野が丁寧に頭を下げ、席から離れていく。

　伊予は貝の中身を、スープと一緒にすくって口に含んだ。ホンビノスガイを食べるのは初めてで、身は肉厚だが柔らかかった。味は淡泊で、ハマグリとアサリの中間のような印象だった。

　スープにも貝のエキスがたっぷり溶け込んでいた。潮の香りを感じさせる旨味は繊細で、クリームやトマトが入らないことにより、はっきりと感じ取ることが出来た。

　伊予はここ最近、星乃について調べ続けていた。

セイラの勤務先であるキャバクラで聞き込みをして、雑貨屋でも改めて星乃について話を聞いた。そして最終的に椎名の上司に行き当たり、伊予は全てを知ることになった。

椎名はかつて、酔客に絡まれたキャバ嬢を助けたことがあった。そのキャバ嬢の源氏名がセイラであり、二階堂星乃のかつての姿だった。

星乃は騒動の直後にキャバクラを辞め、程なくして雑貨屋で働くようになる。目的はその雑貨屋が椎名の営業先だと知った上で、もう一度出会い直すためだと思われた。キャバ嬢のままでは、相手にされないとわかっていたのだろう。

星乃は椎名について、キャバクラの常連だった上司に相談していた。上司は星乃に協力し、椎名にまつわるあらゆる情報をリークしていた。

星乃は上司の助けを得て、椎名の好みのタイプを調べ上げた。椎名がタトゥーを嫌っている情報も、上司から手に入れたのだ。そして気を惹くため経歴を偽り、振る舞いや言葉遣いを全て改めたのだ。

椎名は顔を伏せたまま動かない。真相に打ちのめされ、言葉が出ないようだ。こんな情けない椎名の姿など見たくなかった。伊予が憧れた椎名は胸を張り、いつも自信に溢れていた。

力を込めてスプーンをテーブルに置くと、金属音が店内に大きく響いた。

「まさか星乃さんと別れるなんて言いませんよね」

「え……？」

頭を上げた椎名の顔に、困惑が貼りついていた。

「私の調べたセイラさんは、勉強なんて全然出来ませんでした。でも星乃さんは雑貨店の客相手に、何とか英語を喋れるまでになっていました。先輩好みの女性になるため必死に覚えたに決まっています」

最初は椎名の気を惹《ひ》くための作り話だったのかもしれない。だが椎名との交際を実現させた星乃は、自分のついた嘘を真実にするため必死に勉強をしたのだ。

だが同時に罪悪感でいっぱいになったはずだ。だから結婚という未来を提示された時、椎名の思い描く星乃と現実のギャップを再認識させられた。そして椎名から拒絶されることが怖くなり、星乃は何も告げずに逃げ出したのだ。

そして一ヶ月後、椎名が倒れたという話を上司から知らされることになる。椎名が自分のせいで倒れたと知った星乃は、椎名の元に戻りたいと願った。しかし最大の障害であるタトゥーを消さなければならなかった。そのためさらに二ヶ月の期間が必要になり、結果的に姿を現したのが失踪から三ヶ月後になったのだ。

「女にとって体に傷跡が残ることが、どれ程の恐怖か理解できますか。それでも星乃さんは先輩に愛されたくてメスを入れたんです」

「でも、嘘をつくのは……」

弱々しい声の椎名に対し、伊予はテーブルを手で叩いた。

「星乃さんの全てを受け入れるって言ったじゃないですか！」

調べていくにつれ、伊予は星乃に感情移入をしていった。虚飾を取り払った先にいたありのままの星乃は、愛する人と一緒になることだけを必死に願った一途な女性だった。

「星乃さんは運命の人なんですよね。だったら女の嘘くらい笑って許すのが男でしょう！」

伊予の言葉で、椎名の顔つきが変わるのがわかった。覚悟を決めた表情に、伊予の胸が強く締めつけられる。

「ありがとう」

椎名がコーヒー代を置き、駆け足で店を出て行った。真っ直ぐ伸びた背中は昔みたいに大きく見えた。

伊予が深くため息をつくと、慎哉がテーブルにワイングラスを置いた。

「あの、これも注文してないんですけど」

慎哉がボトルを傾けると、深紅の液体がグラスを充たした。

「余計なことをした店長に全部支払わせるよ。こっちの手をつけてないカップはどうする？」

「あたしが両方食べます」

伊予は赤ワインを口に含んだ。苺のような香りが鼻に抜け、濃密なのに渋味が控えめで、後味もすっきりしている。高価であることが一口で理解出来るワインだった。

「伊予ちゃんも馬鹿だね。発破をかけなければ絶対に別れてたぜ」

「言われなくてもわかってます」

嘘をつき通すのは難しく、近いうちに必ず露呈したはずだ。その場合には伊予が指摘するより破局する可能性は高かったはずだ。でも伊予が余計な真似をしたせいで、椎名たちの絆はより強く結ばれてしまった。

「麻野さん、わざと透明なクラムチャウダーを出したでしょう」

伊予から睨まれ、麻野はカウンターの向こうで居心地悪そうにしていた。

『余計な手を加えていない、貝そのままの味をお楽しみください』

この言葉でありのままの星乃を思い起こさせ、伊予の気持ちを変えようとしたのだろう。そして麻野の狙いに伊予はまんまとはまってしまった。

「それにしても麻野さん、よく星乃さんがタトゥーをしていたなんて見抜けましたね。クラムチャウダーから疑っていたんですか？」

スープを専門に扱う麻野なら、ボストン風とマンハッタン風のクラムチャウダーの違いにすぐ気づいたはずだ。

「それもありますが、星乃さんが検査を避けたと聞いたためです。入れ墨に使用される染料には、電磁波に反応して発熱する種類があるそうです。そのためMRIで検査をする前に、タトゥーの有無を聞かれる場合があるのですよ」

星乃は足首を負傷した際に、検査を提案する椎名の前から逃げ出した。星乃は病院でMRI検査をすることで、タトゥーが発覚するのを恐れたのだろう。

「麻野さん、よくそんなこと知ってますね」

「知り合いに詳しい人がいたもので」

麻野の瞳が、一瞬だけ悲しげに揺らいだ気がした。

改めてスープを口に入れると、貝の旨味が舌に広がった。

「ホンビノスガイも味がしっかりしてますよね。なんで日本ではアサリを使うんですか？」

「日本に生息していない外来種なので、輸入が禁止されているんです」

料理の話題になった途端に、麻野の表情が明るくなった。

「ですがここ数年の間に東京湾で繁殖しているのが確認され、市場にも出回るようになりました。現在の東京湾では、アサリより漁獲量が多いこともあるそうですよ」

「後から来て大きな顔をするなんて図太いですね」

「余談ですが、名前のビノスは学名であるヴィーナスが由来になっています」

伊予は目を丸くして、ホンビノスガイを指でつまんだ。

「女神が恋敵だったなんて、はじめから勝ち目がなかったわけか」

貝の身を口に入れ、小さくため息をついた。

赤ワインを一気に煽《あお》ると、麻野がボトルに目を向けて頬を引きつらせていることに気づいた。どうやらしずくが揃《そろ》えるワインでも高級な部類に入るらしい。慎哉は伊予の飲みっぷりに眉を上げ、空いたグラスに再びワインをたっぷり注いでくれた。

第三話

ふくちゃんの
ダイエット奮闘記

「全部あんたの仕業だったのね」

三葉《みつば》が目の前の人物を睨むと、同じ鋭さの視線を返された。

ダイエットを成功させると決意した途端に、数え切れない程の甘い誘惑に襲われた。バターの芳醇《ほうじゅん》な香りやフルーツの瑞々しい味わいを思い起こさせる食べ物に直面すると、三葉の脆弱《ぜいじゃく》な自制心では抗うことは不可能だった。

そして恐ろしいことに、三葉の前に差し出された魅惑的な洋菓子の数々は、明確な意志によって用意されていたのだ。

「教えて。どうして私を太らせようとしたの」

目の前の人物が手鏡を摑み、三葉の面前に掲げた。鏡面に三葉の顔が映り込む。生まれつきの丸顔で、幼い頃から饅頭《まんじゅう》やアンパンマンに似ていると囃《はや》し立てられてきた。喉の奥から悲鳴が漏れる。瘦《や》せたいと望んだだけで、なぜこんな目に遭うのだろう。

三葉の脳裏にダイエットを開始した数ヶ月前の出来事が蘇った。

1

福田《ふくだ》三葉の愛称は、小学校時代から「ふくちゃん」だった。物心ついた時から恰幅《かっぷく》が良く、身体測定でも体重は平均値を超えていた。親戚の大人たちからはずっと「いい体格だ」とか「健康そう」などと言われてきた。

小学校で男子に体型を揶揄《やゆ》され、四年生くらいからあだ名を嫌うようになった。ふくという文字列が〝ふっくら〟や〝ぶくぶく〟といった太った人を指す言葉を連想させるからだ。

しかし中学高校と進学しても呼び方は変わらなかった。専門学校には同じ出身校の同級生がおらず、違う呼び方を期待した。だがなぜか同じクラスの関谷繭子《せきたにまゆこ》が、ふくちゃんと呼びはじめた。

「どうしてふくちゃんなの？」

昼休みに教室で訊ねると、繭子が小首を傾げた。童顔で小柄な繭子にはお似合いの仕草だ。三葉という名前なのだから、みーちゃんやみっちゃんでも問題ないはずだ。

「んーと、ふくちゃんって感じだから」

繭子の返答は要領を得ないが、その場にいたクラスメイトもうなずいた。机にお弁当やパンが並んでいて、三葉は友人たちとランチを食べていた。福祉系の資格を得るための専門学校で、現在は二年目の三月だった。

「わかる。お母さんみたいな安心感があるよね」

「そんなこと言われても嬉しくないよ」

三葉はそう言いながら、繭子のシャツの裾についた米粒をつまんだ。すると友人から「そういう所だよ」と突っ込まれた。

「ふくちゃんのランチはそれだけ？」

藺子が三葉の手元を見て目を丸くする。栄養が添加されたシリアルバーとお茶が三葉の今日の昼食だった。

「朝食を食べ過ぎて、お腹が空いてないんだ」

「それじゃ、わたしのお菓子は入らないかな」

「うっ……」

藺子がバッグからクッキーを取り出し、三葉はつばを飲み込んだ。藺子はお菓子作りが得意で、たまに自宅から持ってきては皆に配るのだ。

「じゃあ、ちょっとだけ」

差し出されたクッキーに我慢出来ず、つまんで口に入れる。食感はサクサクで、バターのコクが舌の上に広がった。三葉は幸せを噛みしめるが、同時に暗い気持ちも押し寄せてきた。

三葉は先週、生まれて初めて合コンに参加した。気分は乗らなかったが、高校時代の友人に頼まれて仕方なく足を運んだ。会場となるイタリアンバルのドルチェが有名なのも承諾した理由だった。

男性陣の中に加賀《かが》寿士《ひさし》を見つけた時、三葉は呼吸が止まるかと思った。

寿士は中学時代に憧れていた同級生で、アイドルみたいな容姿から女子の間で最も人気があった。流行のファッションで身を包んだ大学生の寿士は、中学時代よりずっと洗練されていた。

「ふくちゃんだよね。ひさしぶり」

合コンは馴染めなかったが、寿士が自分を覚えていたことが嬉しかった。さらに後日、合コンに誘ってきた友人から寿士を含む男性陣とカラオケへ行くという連絡も来た。

寿士に会えるなら、少しでも綺麗な姿でいたかった。だから慌ててダイエットをはじめたのに、早速クッキーを食べてしまう意志の弱さに嫌気が差すのだった。

三葉は書店でダイエット本を買い漁《あさ》り、効果的な減量方法を探した。専門学校が遠いため、三葉は朝早くに家を出る。そのせいでギリギリの時間まで寝ていて、朝食を抜くことが多かった。

しかし朝食を抜くと代謝が上がりづらくなり、ダイエットには逆効果だと書かれてあった。減らすべきは夕食で、夜八時以降に多量の炭水化物を摂取するのは厳禁なのだと複数の書籍が警告していた。逆に朝にしっかり食べても、夜までにカロリー消費するため体重増加に繋がりにくいそうなのだ。

つまり朝食は我慢しなくてよいのだ。

三葉は父方の遠縁である長谷部伊予から、会社近くにあるお店を紹介されたことを思い出した。

そこはスープ専門のダイニングレストランで、普段は昼から夜まで客の絶えない人気店らしい。その店は毎朝こっそり営業していて、疲れの溜まった客に心休まる極上のスープを提供してくれるというのだ。

伊予の勤務先はターミナル駅に隣接するオフィス街で、近くに古くから続く住宅街があった。三葉は両親が離婚した後に、亡き祖父母が生活していたその住宅街にある平屋へ母と二人で転居した。伊予の会社から三葉の現住所までは徒歩圏内なので、スープ専門店も近いはずだった。

これまで何度もダイエットに失敗してきた。主な理由は旺盛な食欲で、食事を制限するとストレスが溜まり、反動で食べ過ぎてしまうのだ。

だが毎朝満足いく食事が出来れば、ストレスを溜めないで済むかもしれない。そこで三葉は目覚まし時計のアラームを一時間半早く設定し、スープについて空想しながら眠りについたのだった。

日の出前のオフィス街は暗く、肌寒さを感じた三葉はコートの前ボタンを留めた。

時刻は六時半過ぎで、二十四時間営業のチェーン店以外の飲食店は開いていない。普段は交通が激しい四車線の大通りも、いつでも横断出来るくらい車通りが少なかった。三葉の通う専門学校は、自宅から徒歩も合わせて一時間強もかかる遠方の場所にあった。始業時間は八時五十分なので、毎日七時半には家を出る必要があった。

しずくの店舗情報は、インターネットで検索すればすぐに閲覧出来た。三葉はスマートフォンの地図を片手に歩みを進める。評判の良い店だったが、早朝営業の情報はネット上にも出回っていなかった。

ビルの谷間の暗い路地の先に古びたビルがひっそりと建っていて、その一階部分から暖かそうな明かりが漏れていた。ＯＰＥＮと書かれた看板が提げられてあり、三葉は思い切ってドアを開けた。するとドアベルの音に合わせて「おはようございます、いらっしゃいませ」という穏やかな声が聞こえてきた。

カウンターの向こうにすらりとした体型の男性が立っていて、三葉へ丁寧にお辞儀をした。背筋がぴんと伸びたその男性は、伊予が話していた店長の麻野だと思われた。

麻野が朝営業のシステムを説明し、三葉は促されるままテーブル席に腰を下ろした。

今日の日替わりメニューはオニオングラタンスープだった。チーズのカロリーが心配だが、朝なので問題ないはずだ。ライ麦パンとオレンジジュースをテーブルに運び、再び席につく。ジュースを口に入れると、爽やかな甘味と強い酸味が舌に広がった。

搾りたての果汁のようなフレッシュさに、寝ぼけた身体がいっぺんに目覚める。

ジュースを楽しんでいると、麻野がスープを運んできた。

丸みを帯びた厚手の容器に、スライスされたパンが蓋のように浮かんでいた。表面のチーズに焦げ目がついている。スプーンを入れると大量の湯気と一緒に香ばしい匂いが噴き出し、パンの下から焦茶色のスープと飴《あめ》色の細切り玉葱が姿を現した。

熱さに気をつけながらスプーンを口に運ぶ。

「……最高」

とろとろになるまで炒められた玉葱のほろ苦さが、凝縮された甘味と旨味をさらに強調させていた。パンも食べ応えがあり、トーストみたいなカリッとした食感と、スープに浸ってふやけた部分とのコントラストが心地良かった。チーズのコクが全体を華やかな味わいにしてくれて、スープとの相性も抜群だった。

ブラックボードに目を遣ると、玉葱の栄養についての解説が記されていた。玉ねぎに含まれる硫化アリルは神経を落ち着かせるほか、疲労回復や代謝を促すビタミンB1の効果を高める作用もあるそうだ。またケルセチンという成分は脂肪の吸収を抑制する働きもあるらしく、三葉にとって嬉しい食材だった。

食べ進めると、冷えた体がじんわりと温まってくる。スープの旨味に耐えきれず、三葉はパンを二個も追加してしまう。一つは柔らかな丸パンで、もっちりした食感がたまらなかった。もう一つは酸味のある黒パンのスライスで、そのままでも充分味わい深かったが、スープにたっぷり浸してから口に放り込むと、うっとりとため息が漏れた。

一度の訪問で三葉はしずくが好きになった。夜に食事を抜くのは精神的に辛いが、翌朝にしずくのスープを味わえるなら耐えられそうな気がした。三葉は翌日以降から、週三回もしずくの朝ごはんに通う常連客になった。


梅の花が散り、桜の花びらが綻びはじめていた。

三葉がダイエットをはじめてから、ひと月が経過していた。寿士たちとのカラオケは盛り上がり、互いの連絡先も交換することが出来た。定期的に遊びに行く約束もしていて、三葉はダイエットの継続を心に誓った。

日曜日の昼過ぎ、三葉は体重計に載った。数値が一週間前から変化しておらず、三葉は洗面所で肩を落とした。順調に推移していた体重の減少が、ここ数日は明らかに停滞している。

チャイムが鳴り、母の菊乃《きくの》が玄関に向かう足音が聞こえた。

すぐに苛立《いらだ》った声が届き、三葉は玄関を覗《のぞ》き込む。すると三葉の二つ下の妹の香菜《かな》子《こ》が来ていて、母と言い争いをしていた。香菜子は現在、離れた場所にあるマンションで父と一緒に暮らしていた。

「あんたにはまだ早いわよ」

「使ってないんだからいいじゃん」

香菜子は母の所持するブランド品を借りに来たのだろう。母はよく男性から贈り物をもらうため、自宅には高価なバッグや装飾品が保管してあった。

母は若い頃にファッションモデルをしていて、辞めた現在も現役モデルにも負けない体型を保っていた。脂肪がつきにくく筋肉がつきやすい便利な体質らしく、運動も月に何度かのテニスしかしていない。

「仕方ないわね。今回だけ特別よ」

「お母さん、ありがとう！」

母は昔から香菜子に甘く、最終的に必ずわがままを聞いてあげていた。家に上がり込んだ香菜子は居間で立ち止まり、座っていた三葉を驚いた顔で見下ろした。

香菜子とは長い間、仲違いをしている。高校二年の秋以来なので、今年で四年目に突入していた。無視をしていると、香菜子は母専用の衣装部屋へ入っていった。出てきた時には有名ブランドのバッグを手にしていて、再び居間で足を止めた。

「あんたまさか、ダイエットしてるの？」

「それがどうしたの」

香菜子にダイエットのことは話していない。見た目に成果が現れているなら喜ぶべきことだが、三葉の淡い期待を香菜子は簡単に台無しにした。

「似合わないことするなよ。キモいから、ちゃんと鏡見ろって」

頭に血が上り、手元のリモコンを投げつけたくなる。しかし理性で抑えている内に、香菜子は居間から去っていた。

どれだけ痩せても香菜子のようになれないことなど、三葉は痛いほど理解していた。香菜子は背が高くてスタイルも良く、一方、姉である三葉は平均的な身長で骨太な体格をしていた。姉妹で歩いていると、周囲の視線は必ず香菜子に集中した。

香菜子の顔立ちは母に瓜二つで、幼い頃から周囲に「将来はお母さんみたいな美人になるね」と褒められていた。他にも香菜子は生まれつき要領が良く、三葉は不器用で何事にも時間がかかった。後からはじめたことでも、香菜子は簡単に三葉に追いついた。

三葉は地道に勉強して、何とか地元の進学校に合格した。香菜子は中学三年時、モデル活動や演劇部の発表などに勉強する暇もない程のめり込んでいた。しかし試験日の三ヶ月前に突然勉強をはじめ、それまでの成績は学年でも下位だったにもかかわらず、三葉と同じ高校に受かってしまった。

社交的な香菜子は男女共に友人が多く、三葉の数少ない友人ともほぼ全員繋がりを持っていた。香菜子は繭子とも連絡先を交換し合っている。繭子がモデル時代の香菜子のファンだったこともあり、三葉の家で鉢合わせてすぐに意気投合していた。

三葉を見送ってから、母が居間に姿を現した。

「本当に香菜子はわがままね。誰に似たのかしら」

母が愚痴をこぼしながら座椅子に腰かける。テレビをつけるとバラエティ番組が流れた。香菜子と口喧嘩をした後、母は必ず寂しそうな表情を浮かべる。

母は三葉に興味がなく、香菜子だけに目をかけていた。

小学校高学年の頃に、母が香菜子をティーンズ向け雑誌のモデルに応募した。合格して以降は、マネージャーとして妹に付きっきりになった。妹がモデル業をはじめてから、母が三葉の授業参観や三者面談に来たことは一度もなかった。

しかし香菜子は大学入学と同時にモデルを辞めた。

両親の離婚が決まった時、香菜子は真っ先に父と住みたいと言い出した。母はずっと香菜子にべったりで、三葉は当然二人が一緒に暮らすと思っていた。その時に母が浮かべた茫然とした表情を三葉は今でも鮮明に覚えている。

「あんた、ダイエットしてたのね」

香菜子との会話が耳に入ったのだろう。ダイエットを開始して以来、母から体型について触れられたのは初めてだった。母は三葉を一瞥《いちべつ》してからテレビに視線を戻した。

「もっと頑張りなさい。不細工なあんたは、これくらい痩せてようやく人並みなの」

液晶画面に映る人気タレントは、枯れ木のように手足が細かった。

「わかってるよ」

三葉には、これまで母から容姿について褒められた記憶が全くない。

決意を新たにした翌週、母方の叔母から三葉の名前宛てに宅配便が届いた。

包み紙を開けた瞬間、三葉はうめき声を漏らした。行列が出来ることで有名なラスクの詰め合わせだったのだ。同封された手紙には、年末に有名店へ行ったのでお裾分けだと書いてあった。

「……ちょっとくらいなら」

突然の誘惑に三葉は抵抗出来なかった。キャラメルチョコがコーティングされているという新作を手に取り、包装ビニールを破く。一口かじると、口溶けの良いほろ苦いチョコとサクサクの食感の組み合わせが絶妙だった。手が止まらず、気がつくと四枚も食べていた。

ふと正気に戻った三葉は小さく悲鳴を上げ、慌ててお手洗いへ向かった。深くため息をつき、洗面所で口をゆすぐ。

顔を洗ってから鏡を見て、三葉は改めて覚悟を口にした。

「絶対にダイエットを成功させるぞ！」

2

花柄があしらわれた陶製の皿に、鮮やかな紅色のスープが盛られている。本日のしずくの朝メニューはボルシチだった。

土臭いような独特の甘さがビーツの味なのだろう。表面に浮かんだサワークリームの酸味が、早朝の寝ぼけた舌を刺激する。一口大の豚バラ肉は適度な弾力があり、噛むと脂の旨味が口に広がった。ウクライナの家庭料理の味は、不思議とひと息つくような懐かしさがあった。

「美味しい……」

三葉は店内のブラックボードに目を向ける。紅色の元であるビーツは、海外では飲む輸血と呼ばれるほどビタミンやミネラルが豊富だと書かれてあった。また美容やダイエットにも効果が期待される一酸化窒素が含まれているそうだ。

「幸せ……。麻野さん、今日のスープも抜群です」

「ありがとうございます。そう言っていただけると嬉しいです」

麻野とは店に通う内に、よくお喋りをするようになった。

食事を終えた三葉は洗面所へ向かった。流しの脇に花瓶があり、カモミールが活けてあった。三葉は外出用の歯ブラシセットを取り出し、歯を磨きはじめた。

鏡に映る姿は理想とかけ離れていて、三葉は思わず目を逸らす。週末に寿士たちと遊ぶ予定なのに、一昨日は繭子手作りのチョコケーキを、昨日は叔母が送ってきたゼリーを立て続けに食べてしまった。

三葉は口をゆすいでから、笑顔を作ってみた。まん丸な自分の顔を見ると、三葉はいつも滑稽だと感じる。

「あれ、まだ汚れてる」

歯の表面がうっすらと黄ばんでいるように思えた。三葉はもう一度、歯をブラッシングする。しかしなぜか歯は黄色いままだった。

まだ気になるが、電車の時間が迫っていた。お手洗いを出ると、ちょうどフロアに露が入ってきた。露は店長の麻野のひとり娘で、腰まである黒髪が印象的な女の子だ。朝ごはんをしずく店内で摂ることがあるのだが、始業時間の関係で三葉とは入れ違いになることが多かった。

「三葉お姉ちゃん、おはよう。帰っちゃうんだね」

「そのうち、一緒にごはんを食べようね」

支払いを済ませて店を出る。五月の早朝の太陽は、夏のように勢いが強かった。ビルの谷間から射し込む光で、三葉はかすかな眩暈《めまい》を覚えた。

土曜のボウリング場は騒がしく、会話をするために自然と互いの顔が近づいた。ストライクのたびにハイタッチも出来て、三葉は充実した時間を過ごせた。ただゲームが終わった後に、寿士が恐ろしい提案をした。

「カロリー使ったし、今からスイーツを食べに行こうよ」

近くにケーキ食べ放題の店があるらしく、寿士は割引クーポンまで準備していた。その場にいた全員が賛成し、三葉も同行することになった。

二時間食べ放題という方式で、値段も手頃な店だった。ショーケースにたくさんのケーキが並び、パスタやカレーなども用意してあった。肝心のケーキはスポンジがパサパサな上にクリームも植物性で、お世辞にも一級品とは言い難かった。しかし三葉も仲間たちに付き合い、ケーキ数個を胃に収めてしまった。

家に戻った三葉が腹筋をしていると、二十一時頃に母が帰宅した。真っ赤な口紅をつけた母は、おそらく男性とのデートの帰りだと思われた。お手洗いに向かった母は、戻ってきてすぐ三葉に言った。

「トイレから変な臭いがしたわよ。掃除はちゃんとしなさい」

「ごめん、気をつける」

母は一家四人で暮らしていた頃から家事が苦手で、三葉は物心がついた頃から炊事や洗濯、掃除などを担っていた。母は三葉を見下ろし、口の端を持ち上げた。

「あら、多少は痩せてきたようね。その調子で頑張りなさい。油断するんじゃないわよ」

母は背を向け、風呂場へ向かっていった。

三葉は母の言葉に茫然となる。外見に関して母から肯定的な言葉をかけられたのは、おそらく生まれて初めてだ。気持ちが高揚し、三葉はノルマの倍の腹筋運動をこなした。

自室で勉強している間も、母に褒められたことが三葉の心を占めていた。

母の半生について叔母から聞いたことがあった。母は幼少時から容姿に優れ、周囲の大人や男子からちやほやされ続けてきた。高校在学中にスカウトされ、ファッションショーへの出演や雑誌のグラビアを飾るなど華々しい活躍をしたそうだ。

だが母は二十代半ばでモデル業を引退することになる。己を美しく見せる技術を学ばなければ競合相手に勝てないし、日々変化する流行の最先端に立ち続けるには勉強は欠かせない。母は努力の仕方を知らず、モデルを続けることが出来なかった。

しかし母の転身後の行動は素早かった。周囲の男性で最も稼ぎの良かった父と結婚し、専業主婦になり三葉と香菜子を産んだ。

大企業の幹部の妻として順風満帆な生活を送るはずだったが、母は主婦としての生活に飽きたらしかった。徐々に夜遊びが増え、服装も派手になっていった。そして香菜子の高校卒業を機に正式に離婚が決まった。現在は知り合いだという四十代の男性の経営する会社で秘書として働いていた。

　卓越した美貌だけを武器に母は人生を渡り歩いてきた。そのため香菜子のように美しくない三葉を、気の毒な娘だと思っている節があった。

『せめて家事くらいは出来ないとね』

　子供の頃から母が三葉に繰り返してきた言葉だ。専門学校への進学も、手に職をつけなさいという母のアドバイスに従って決めた。優れた容姿を持たない長女は、家事の技術や資格がないと生きていけないと母は考えているのだ。

　母は美しい自分と、自分の生き写しである次女にしか興味がない。

「……あれ？」

　気がつくと台所にいて、扉の開いた冷蔵庫の前に座っていた。口の中に甘い味が残っていて、床に菓子パンの包装ビニールが落ちていた。暗い台所を、冷蔵庫の弱々しい明かりが照らしていた。

　五月も終わりに近づき、木々の緑は色を深めていた。三葉はダイエットを継続していたが、繭子のお裾分けなどの甘い誘惑に何度も敗北していた。

叔母は定期的に宅配便を送ってきてくれた。三葉と母の二人宛てで、中身はハムや野菜、レトルトカレーなど多岐に渡っていた。塩辛い食べ物であれば三葉も我慢出来たが、たまに送られるスイーツにはどうしても手が伸びてしまう。

その日は朝から動くのが億劫《おっくう》で、寝坊をしてしまった。しずくへ行くはずだったのに、普段登校する時刻に目が覚めた。

三葉は半月ほど体調を崩しており、生理も遅れていた。しずくへ行くと一時限目に間に合わない可能性があったが、前日からの楽しみを先延ばししたくなかった。そこで遅刻覚悟でしずくのドアをくぐった。

テーブル席に座り、深く息を吐く。胃の調子は悪かったがコーヒーを口にした。カフェインに脂肪燃焼効果があるため、なるべく飲むようにしていた。

スープを待っていると、厨房の奥から露が顔を出した。手招きすると、露は三葉の目の前に座った。

「おはよう、露ちゃん。ようやく一緒にごはんを食べられるね」

「そうだね。あれ、三葉お姉ちゃん、怪我したの？」

「う、うん。ちょっとね」

露が手の甲を見て首を傾げたので、三葉は思わず腕を引いた。三葉の手の甲には絆《ばん》創膏《そうこう》が貼ってあった。露が無言のままじっと見つめてきて、思わず視線を逸らした。

「お待たせしました」

麻野が夏野菜と鶏肉のミネストローネをテーブルに運んだ。

しずくで使われるトマトは旨味が強く、それと同じくらい酸味が鮮烈だった。味の輪郭がはっきりしていて、三葉の大のお気に入りだった。また、トマトに含まれるリコピンはダイエット効果があることで有名で、薬局でもサプリメントがたくさん置かれていた。

露がスープを口にすると、途端に目尻が下がった。その反応に期待が膨らみ、三葉も早速口に含んだ。

「あれ……」

トマトの味や鶏の旨味、塩加減までもが、水で薄めたように物足りなかった。反応を不審に思ったのか、露が不安そうな顔を浮かべた。そこで三葉はとっさに笑顔を繕った。

「やっぱり、露ちゃんのお父さんは料理の天才だね！」

露が照れくさそうにうなずき、食事を再開させた。三葉は鶏肉を噛みしめるが、やはり味がいつもより薄かった。素材の質を落としたか、三葉のものだけ調理に失敗したのだろうか。だが言い出す勇気が持てず、黙ったまま味の薄いスープを食べ進めた。

専門学校での昼休み、三葉はお茶とクッキータイプの栄養機能食品を鞄《かばん》から取り出した。夕食は抜く予定なので、今日最後の食事になる。お喋りしながらのランチを終えたところで、繭子が手作りのマカロンを机に並べた。

「見てくれは悪いけど、味は保証するよ。ほら、ふくちゃんもどうぞ」

緑や茶、黄色などのカラフルな色合いが食欲を刺激する。友人たちはマカロンをかじりながら、「これ、チョコ味だね」とか「何の味かわかんないなあ」などと感想を言い合っていた。

「ごめん。今日は止めておく」

「体調でも悪いの？」

「実は今、ダイエット中なんだ」

繭子たちが目を丸くさせ、互いに顔を見合わせてから一斉に笑いはじめた。

「ふくちゃん、何言ってるの？　全然減らすとこないじゃん」

この手の社交辞令が苦手なため、三葉はダイエットを秘密にしていた。繭子がマカロンを三葉の前に差し出した。

「一緒に食べようよ。自信作なんだ」

「いらないってば！」

三葉が腕を払うと、マカロンが宙を舞い床に落下した。

「あっ、ごめん……。ちゃんと食べるから」

最近、三葉は頭に血が上りやすくなっていた。慌てて床に手を伸ばすが、先に繭子に拾われてしまう。

「いいって。こっちこそ強引に勧めてごめんね」

三葉の反応に驚いているようだったが、繭子はいつもと変わらない笑顔を向けてくれた。しかし表面の潰れたマカロンはゴミ箱に捨てられてしまった。

程なくして予鈴が鳴り、講師が教室に入ってきた。すぐに校舎から逃げ出したかったが、三葉は教室に残って授業に耳を傾けた。最後の講義が終わるとすぐ、三葉は急ぎ足で校舎から立ち去った。

自宅近くの駅前に到着した時点で、強い疲労感に襲われた。手近なカフェに入ってコーヒーを注文し、目を閉じながら深呼吸をする。そこで大きな笑い声が響き、三葉は聞き覚えのある声に気づいた。

「調子に乗ってビッグパフェなんて頼むなよ。手が止まってるぞ」

背中越しに寿士の声が聞こえたが、三葉の存在には気づいていないようだ。声をかけるか迷ったが、初対面の男性が大勢いる場所に飛び込む勇気はなかった。

「もう飽きたんだよ。残りは寿士が食えって」

「ふざけんな。甘いものは嫌いなんだよ」

三葉は耳を疑った。甘いものが苦手なら、なぜケーキの食べ放題へ行くことを提案したのだ。あの日の寿士は軽食を中心に食べていたが、ケーキも平然と口にしていた。

続いて恋愛の話題になり、三葉は息を潜める。コーヒーが来ても飲む余裕はなかった。寿士は友人たちから、最近デートをした相手について問い詰められていた。

「福田香菜子って中学の頃から有名だよな。どうやって誘ったのか教えろよ」

「秘密だって言ってんだろ」

血の気が失せ、三葉は両手で顔を覆った。寿士たちは下品な冗談を交え、香菜子がいかに可愛いかを語りはじめた。香菜子とのデートは一度だけで、交際はしていないらしい。だが寿士は「絶対落としてやる」と自信満々に宣言していた。

ふいに寿士が笑いを堪《こら》えるような口調で言った。

「そういえば香菜子の姉と会ったんだけど、これがマジですげえんだよ。写真あるんだけど、ほら、見てみろよ」

「どれどれ」

わずかな沈黙の後、寿士たちが一斉に盛り上がった。

「こんなのが香菜子ちゃんの姉なの？」

「体型がマジでやばいな。これを連れ歩くのは無理だろ」

吐き気がこみ上げ、三葉はトイレに駆け込んだ。便器に嘔吐するが胃液しか出なかった。何度も咳き込みながら十五分程篭もり、席に戻ると寿士たちは退店していた。会計を済ませ路上に出ると、通行人たちに見られている気がした。三葉は何度も休みながら、覚束ない足取りで自宅にたどり着いた。

3

高校生の時に憧れの先輩がいた。いつも遠巻きに眺めていたが、ある日突然先輩から話しかけてくれた。映画に誘われたことで舞い上がり、焦った三葉は香菜子に相談した。

香菜子は姉の服装に駄目出しをして、一緒に買い物に出かけて流行のファッションを買い揃えた。デートは会話も弾まず映画にも集中出来なかったが、三葉にとって夢のようなひとときだった。唯一、先輩が香菜子に関する質問ばかりするのが気になった。

数日後、三葉はある噂を耳にする。憧れの先輩は香菜子に気があり、しつこく口説いていたが相手にされていなかった。それでもアプローチする先輩に、香菜子は自分とデートをする代わりに『三葉を映画に誘う』という条件を提示したというのだ。

半信半疑で問い詰めると、香菜子はあっさり認めた。真意を訊ねると、香菜子は悪びれずに答えた。

「だってお姉ちゃんは、先輩のことが好きなんでしょう？」

子供の頃、香菜子はひどく怖がりだった。不安になると三葉の背中に隠れ、怒ったみたいに顔を強ばらせた。

母をはじめとして、大人たちはそんな香菜子を可愛がり続けた。次第に香菜子は笑顔を振りまくようになり、周囲はますます香菜子をちやほやするようになった。

三葉も負けないように、笑顔を練習したことがあった。だがその現場を母に見られ、「無駄なことをしてるわね」と大笑いされたことで、香菜子の真似は諦めた。年を追うごとに輝きを増していく香菜子を、三葉は日陰からじっと眺め続けた。

三葉の欲しいものは、全部香菜子のものだった。

「余計なことをしないで！」

大声で叫ぶと、香菜子は三葉を睨んできた。

それ以来、三葉は香菜子と距離を置くようになった。会話は最低限で済ませ、二人で撮った写真やプリクラも捨てた。修学旅行のお土産も拒否し、香菜子に関わる全てを避けるようになった。

寿士とカフェで遭遇した翌日、三葉は全身の怠《だる》さで学校を休んだ。昼過ぎに起床してテレビをつけると、気象予報士が梅雨入りを発表していた。

三葉は戸棚の奥から、叔母から送られてきたパウンドケーキの詰め合わせを取り出した。やけ食いをしようと考えたが、体重計の数字が頭に浮かび手が動かなかった。

チャイムが鳴ったので玄関に向かうと、冷凍の宅配便が届いた。伝票に叔母の名を確認し、荷物を落としそうになる。中身はロールケーキで、デパートの地下に行列の出来る人気の品だった。三葉は台所へ走り、ゴミ箱へ押し込んだ。携帯電話で叔母に電話をかけると、数回の呼び出し音の後に電話に出た。

「叔母さんひさしぶり。ロールケーキが届いたよ」

「良かったわ。気に入ってくれたかしら」

「ありがたいけど、もう二度と送ってこないで。特に甘いものは絶対にやめて」

「口に合わなかった？」

「ダイエット中だから困るの」

わずかな沈黙の後、叔母が含み笑いをした。

「若いんだから食べても平気よ。叔母さんなんて、少し食べただけですぐ体にお肉が……」

「いらないって言ってるでしょ！」

小さいころから母のわがままに振り回されていた叔母は、三葉に優しくしてくれた数少ない親戚だった。だからこそ好意を無碍《むげ》にしたくなかったが、これ以上食品を送られるのは耐えられなかった。

叔母の戸惑いが電話越しに伝わってくる。叔母は謝罪を口にして、二度と食べ物を送らないと約束してくれた。

電話を切ろうとしたところで、叔母が訊ねてきた。

「香菜子ちゃんとは仲良くしてる？」

「……どうしてそんなこと聞くの」

妹との不和について、親戚の前では隠していたはずだった。

「特に意味はないわ。別々に暮らしているから気になっただけよ」

叔母は慌てたように電話を切った。

三葉は冷蔵庫を漁り、野菜スープを作った。肉類は入れず、油分を摂取しないよう具材も炒めなかった。塩味のスープは味気なく、三葉は顔をしかめながら胃に流し込んだ。

夕方、寿士からメールが来た。笑われた瞬間の恐怖が蘇り、メールを開けるまで時間がかかった。ようやく文面を読んで、三葉は軽い眩暈《めまい》を感じた。

『来週、みんなで飲みに行こうよ。和スイーツが人気の居酒屋なんだ。ふくちゃんも甘いものが好きだったよね』

写真を嘲笑い、連れ歩くのが恥ずかしいと馬鹿にしたのは昨日の出来事だ。

次の瞬間、香菜子の顔が脳裏に浮かんだ。震える指で寿士の電話番号を呼び出し、通話ボタンを押す。数回のコール音の後、電話が繋がった。

「今、電話大丈夫かな」

「あ、ふくちゃん。メール読んでくれた？」

爽やかだと感じた寿士の声を、今では軽薄なだけに感じる。

「私を誘うと、香菜子がデートをしてくれるのね」

「えっ」

狼狽《ろうばい》したような反応に、三葉は指摘が正しいことを確信する。

「香菜子から何て言われたの？」

「な、何の話だよ。予定は後でメールするから、来れるようだったら返信してよ」

取り繕うのは無理だと判断したのか、寿士は慌てた様子で通話を打ち切った。

叔母は何度も食べ物を送りつけ、唐突に香菜子との仲を訊ねてきた。寿士は香菜子とデートをするため、三葉をスイーツの店に連れて行こうとしている。

どちらも香菜子とお菓子が関係している。そして三葉はもう一人、同じ条件に合致する人物に心当たりがあった。

空は重そうな灰色で、小雨が静かに降っていた。駅から徒歩圏内にあるビル一棟が三葉の通う専門学校だった。三葉は昨日、繭子に始業前に来るようメールを送信した。一限開始の四十分前に校舎の前で待っていると、傘を差した繭子が姿を現した。

繭子を促し、エレベーターで最上階へ向かう。一限目に最上階の教室は使われないため人の気配はなかった。蛍光灯は消えていて、窓からのわずかな太陽光だけが廊下を照らしている。三葉は繭子を真っ直ぐに見据えた。

「最近お菓子を何度も持ってくるのは、香菜子に頼まれたからだよね」

返事はなかったが、繭子の顔が強ばった。繭子は三葉の家に遊びに来た際に、香菜子と互いの連絡先を交換していた。

「繭子だけじゃない。中学の同級生や親戚にも香菜子は同じことを頼んでいるの」

寿士との関係を知られた経緯は不明だが、顔の広い香菜子は三葉の友人とも交流がある。SNSを通じて三葉が寿士たちと遊びに行ったことを知り、中学時代の知り合いを介して連絡を取った可能性は充分考えられた。

「……ふくちゃん、ごめん」

繭子は力なくうつむき、香菜子の指示であることを認めた。

四月上旬頃に、香菜子から突然メールが来たらしい。内容は定期的に食べ物を作り、三葉に食べさせてほしいという依頼だった。四月初頭は、自宅で香菜子と最後に顔を合わせた時期にあたる。

「どうしてそんな頼みを引き受けたの？」

「そんなの、心配だからに決まってるじゃない」

「心配でどうしてお菓子を食べさせるの！」

頭の中が真っ白になった。これ以上繭子と一緒にいたくなくて、エレベーターに乗り込んだ。入ってこようとする繭子を拒絶し、一階まで降りてから校舎を飛び出る。

何度も休憩を取りながら、香菜子の住むマンションに到着した。朝からの雨は霧雨《きりさめ》に変わり、全身にまとわりついた。

登校途中のクラスメイトとすれ違ったが全て無視した。

一階エントランスで部屋番号を押し、チャイムを鳴らす。不在なら出直すつもりだったが、香菜子はマンションにいた。名乗ると、オートロックの自動ドアが開いた。

玄関の鍵は開いていて、リビングに進むと香菜子がソファに座っていた。着替えも化粧も済ませていて、不機嫌そうに眉間にしわを寄せていた。

「こんな朝早くから何の用事よ」

「繭子も寿士くんも叔母さんも、全部あんたの仕業だったのね」

香菜子は唇を尖らせ、肩を竦めてからため息をついた。

「ばれちゃったか」

「目的はなんなの」

「お姉ちゃんの体重を増やすために決まってるでしょ」

薄々予想はついていたが、実際に言葉に出されると衝撃は大きかった。

「どうして私を太らせようとしたの」

香菜子は眉を大きく上げてから、三葉を鋭く睨みつけた。

「何を言ってるの。これが理由よ」

香菜子がテーブルに置いてあった手鏡を掴み、三葉の面前に掲げた。

子供の頃から大嫌いな、吐き気がするほどまん丸な顔が映し出された。香菜子は険しい表情なのに、それでも見惚《みと》れる程に美しかった。

香菜子みたいに生まれたかった。そうすれば、きっと誰もが愛してくれた。母だって、三葉を見てくれた。

「……ひどいよ」

喉から漏れる声は震え、香菜子の姿がぼやけていく。

「こんなにもデブな私に、どうしてこんなことを。そんなに私が嫌い……？」

滲《にじ》む視界の先で、香菜子の顔が歪んだような気がした。

三葉は駆け出し、背後からの呼びかけを無視してマンションの外まで走った。雨は強くなっていたが、三葉は傘も差さずに走った。惨めな気持ちが渦を巻き、涙が溢れて止まらなかった。

自宅に戻った三葉は部屋に篭もった。母はドア越しに夕食を作るよう三葉を叱りつけたが、無視していると外出していった。何も口に入れないまま朝を迎え、三葉はしずくに向かった。昨日からの雨は止まず、しとしとと降り続けていた。

「おはようございます。いらっしゃいませ」

麻野がいつもの笑顔で出迎えてくれて、三葉は肩の力が抜けるのを感じた。ブイヨンが香る店内に、野菜を炒める音が響いていた。

今日の朝ごはんはかぼちゃのポタージュだった。席に座ると、オレンジ色のスープが充ちた木製のスープ皿を運んでくれた。

木で出来たスプーンを差し入れると、かぼちゃの甘い匂いと一緒に、ナツメグの香りが立ち上った。三葉は思わずつばを飲む。スプーンを持ち上げると、表面にあしらわれた線状の生クリームが崩れた。

その瞬間、三葉の手が止まった。

「かぼちゃは苦手ですか？」

異変に気づいた麻野が声をかけてくれたが、三葉は目を閉じて首を横に振った。

「ごめんなさい。私には食べられません。私はデブだから。食べたらもっと太っちゃう」

生クリームを摂取すれば脂肪に変わる。厨房の奥からコトコトと、鍋を煮込む音が聞こえた。麻野が小さく息を吸った。

「……どうしても食べられませんか？」

顔を上げると、麻野が真剣な眼差しを三葉に向けていた。

「無理です。食べたくありません」

「難しいのであれば、少しだけお話をしませんか」

「どうしてそんなことをする必要があるのですか」

「お話をすれば気分転換にもなって、きっと食欲も――」

麻野からも食事を促され、三葉は泣き出しそうになる。

「食べたくないって言ってるじゃないですか。どうしてみんな、私を太らせようとするの」

テーブルに両手を叩《たた》きつけると、揺れた皿からポタージュがこぼれた。

「私は今、三十八キロもあるのに！」

唐突に、宙に浮くような感覚に襲われた。平衡感覚を失い、スープ皿が目前に近づいてくる。その直後、三葉は意識を失った。

4

目を開けると、露が三葉の顔を覗き込んでいた。意識を取り戻したのを見て、露は顔を明るくさせた。三葉の手を握っていて、小さな手のひらから温かさが伝わってきた。

三葉は、麻野の自宅のソファに寝かされていた。

気を失う瞬間、誰かに抱きとめられた記憶があった。麻野が腕を伸ばして支えてくれたのだと思われた。壁の時計を確認すると、意識を失ったのは三十分程度だとわかった。

露はランドセルを背負い、三葉へ手を振った。

「早く元気になってね」

そう言い残し、露は部屋を出て行った。入れ替わるように麻野が様子を見にやって来て、テーブルの上に水の注がれたコップを置いた。

「店にいますので、ゆっくり休んでいてください」

三葉は目を閉じ、再び気がついた時には一時間が経過していた。三葉はコップの水を飲んでから、ゆっくり立ち上がった。

部屋の中央に小さなテーブルがあり、暖色の照明が部屋を照らしていた。壁際には本棚が並んでいて、料理に関する資料がたくさん収められている。飾られた写真立てに、麻野とセミロングの髪の女性が並んで写っているのが見えた。

隣に映っているのは麻野の妻だろうか。気になったが、プライベートを覗き見することに気が引けてすぐに顔を逸らした。

階段を降りて店を覗くと、麻野はフロアの掃除をしていた。朝営業の時間はとっくに終わっていた。

「もう動かれても平気ですか？」

「大丈夫です。それよりも、ご迷惑をおかけしました」

三葉はうなずいてから、麻野に対し頭を下げた。すると麻野は三葉以上に深く頭を垂れた。

「僕こそ福田さんの気持ちを考えず、追い詰めるような真似をしたことを謝ります。申し訳ありませんでした」

「そんな、やめてください」

麻野がゆっくりと頭を上げた。そして三葉にテーブル席に着くよう促し、自らも正面に腰かけた。麻野から真っ直ぐ見つめられ、三葉は思わず顔を逸らした。

「……やはりお話しさせていただきます。ショックを受けるかもしれませんが、僕は福田さんが摂食障害ではないかと疑っています」

名前くらいは聞いたことはあるが、ニュース番組の特集で見た程度の知識しかない。

「あの、どうして私が摂食障害だと？」

「理由は色々あるのですが」

麻野はそう前置きして、摂食障害の説明をはじめた。

摂食障害は体重に過度なこだわりを持つことで、食事行動に影響を及ぼす心の病らしい。主に過食症と拒食症があり、十代から二十代の女性に多いそうだ。

「拒食症の人は食事量を限界まで減らすことで、体重が極端に低下します。そのせいでホルモン異常になり、不眠や体の怠さ、生理不順などが起こります」

三葉も最近眠ることが出来ず、生理も不安定だった。

「他にも栄養不足によって、様々な症状が発生します。亜鉛不足による味覚障害もそのひとつです。最近、当店のスープが口に合わなかったように見受けられました。おそらく露とミネストローネを召し上がったあたりから、その症状が表れていたのではないでしょうか。福田さんがスープの味に疑問を感じていることは、露から聞いておりました」

ここ最近、スープの味をおかしいと感じることが多く、その状況は露とミネストローネを食べた時期からはじまった。

麻野の指摘は的を射ていたが、三葉は首を横に振った。

「拒食なんて信じられません。だって私は、お菓子をたくさん食べています」

叔母や繭子からの洋菓子も我慢出来なかったし、食べ放題でもケーキをたくさん口にした。ストレスが溜まり、夜中に冷蔵庫を漁ったことも一度ではない。

「過食と拒食は相反する症状だと思われがちですが、二つが同時に起こることもあり得ます。その場合、食べて吐くのを繰り返す過食嘔吐をすることがあります。その際に、手に吐きダコと呼ばれる傷が出来る場合があります。絆創膏についても、露から聞いています」

三葉はテーブルの下で右手の甲を左手で覆った。露から心配された日以降もずっと、手の甲には絆創膏が貼られ続けていた。

食事制限が続くとストレスが溜まり、我慢の限界に達した時点で食べ物を一気に口にしてしまう。しかし満腹になった時点で猛烈な後悔に襲われる。栄養を吸収したら太ってしまうという恐怖を前に、取るべき行動は一つしかない。胃の内容物を吐くのだ。

三葉は喉の奥に指を突っ込み、何度も嘔吐を繰り返した。右手を口の奥に押し込む際に歯が手の甲を傷つけるため、絆創膏が欠かせなくなった。

母から以前、トイレの臭いを指摘されたことがあった。あの少し前に、三葉は食べ放題で食べたケーキを便器に戻した。そのためトイレに胃液や内容物の臭いが残っていたのだ。おそらく歯の黄ばみも嘔吐が原因なのだろう。頻繁に胃酸に触れれば、歯だってまともな状態ではいられないはずだ。

「ただ福田さんほどお痩せになれば、周囲の人間は誰でも心配します」

麻野から痩せていると言われても、三葉は納得出来なかった。

ＢＭＩ指数と呼ばれる体重と身長から算出される数値があり、身長が百五十七センチである三葉の場合は五十キロくらいが健康的な数字とされていた。

しかしモデルを職業とする女性の体格を基準に計算すると、三葉の場合は四十キロを下回らなければならない。さらにモデルと呼ばれる人種は、香菜子や母のように生まれつき整った顔立ちやスタイルを持っている。だから三葉は、人一倍痩せなければ母に認めてもらえない。そのため三葉は、さらにダイエットを進めようとしていた。

話を終えた麻野は再び三葉の顔を正面から見据えた。

「勝手な説明をしましたが、あくまで僕は素人です。治療に関しては専門家に相談することをお勧めします。どうか医者にかかってくださるようお願いします」

麻野が立ち上がり、カウンターの裏に移動した。戻ってきたときには皿を手にしていて、かぼちゃのポタージュを三葉の前に置いた。

「無理でしたら、お食べにならなくても構いません」

「どうして麻野さんは、摂食障害についてそんなにお詳しいのですか」

「……かつての知り合いにいたもので」

目を逸らした麻野は、何かを隠しているように思えた。

三葉は改めて、ポタージュに向き合った。先程と異なり生クリームはあしらわれていない。スプーンを沈めると、濃度が薄まっていることに気づく。

三葉は深呼吸をしてから、意を決してスープを口に入れた。

スープは熱さを感じさせない程度に冷まされていて、口当たりはさらっとしていた。かぼちゃだとはわかるが、細かい味は感じられない。

ふいにスプーンを持つ手が目に入る。

三葉自身には、余計な脂肪がついているようにしか見えない。しかし麻野や繭子たちからすれば、心配になる程に痩せこけている状態なのだろうか。

三葉は目を閉じて、想いを吐き出した。

「病院には行ってみます。でも、痩せたいという気持ちが抑えられるとは思えません」

「抑える必要はありませんよ」

三葉が目を開けると、麻野は微笑を浮かべていた。

「痩せたいと考えるのは当たり前で、自然な感情です。僕も体型を保つため、定期的に運動をしています。問題は、太るのを過剰に恐れることですよ」

痩せたいと考えるのは当たり前。

麻野の言葉で、心が少しだけ軽くなったような気がした。

三葉はポタージュを三分の一だけ飲んで、自宅に戻ることにした。麻野は店の出入り口まで三葉を見送ってくれた。外に出ると雨は止んでいて、アスファルトに出来た水溜まりが、薄明るい空を写し取っていた。


自宅の玄関を開けると派手なサンダルが脱ぎ捨ててあり、一目で持ち主がわかった。家に上がると香菜子が居間に座っていた。

「どうしてここにいるの」

「学校に来ないって繭ちゃんから連絡が来たから。繭ちゃん、電話口で泣きそうだったよ」

三葉も居間に腰を下ろすが、香菜子は不機嫌そうに唇を噛んでいた。祖母の代から使っている壁掛け時計が、秒針の音で時を刻んでいる。沈黙を破ったのは香菜子だった。

「お母さんにバッグを借りに来たとき、急に痩せていてびっくりしたんだ」

「あの時、私のことをキモいって言ったよね」

「だって本当にすごかったんだもの。見るからに不健康で、怖くなって……」

ダイエットを開始した時点で、三葉の体重は五十六キロだった。ＢＭＩ値では普通体重に当たるが、世間ではぽっちゃりと言われる体型だ。

そのためＢＭＩ値など信用出来ないと思った。三葉はダイエットに励み、一ヶ月半で十キロ以上体重を落とした。香菜子と会った日の時点で、四十五キロになっていた。

あの日、香菜子は家に帰ってから母の携帯電話に連絡をしたらしい。そこで母は痩せるのは当然だという態度を取り、香菜子は自分で何とかしなければいけないと考えたそうだ。

香菜子はまず叔母や繭子に協力を要請した。それから三葉の近況を調べる内に寿士の存在に気づき、利用することを思いついた。

「どうしてそんな回りくどい方法を取ったの」

「私が直接何かしようとしても、絶対に拒否したでしょう。高校の頃から、ずっと私を避けていたよね」

指摘通り、香菜子から食べ物を差し出されても三葉は口をつけなかっただろう。

香菜子は自身がやったことを告白しはじめた。

お菓子を中心に食べさせようとしたのは、三葉が甘いものに目がないからだそうだ。しかし栄養の偏りが心配で、叔母からは洋菓子以外も送ってもらうよう頼んだらしかった。

急に香菜子が、肩を小刻みに震わせはじめた。

「お母さんはおかしい。お姉ちゃんが急に痩せたのに、どうして何も言わないの！」

母の美に対する基準は一般とかけ離れている。三葉の体型に関しても、標準体重からさらに痩せるよう煽った。

香菜子は母への不満を続けた。

「私はお母さんのお人形だった。お母さん好みの洋服だけを着せられ、モデルになることも逆らえなかった。お母さんに束縛されて、毎日が窒息しそうだった。離婚が決まった時、逃げ出すチャンスだと思った。だから私はお父さんについていったの」

香菜子が三葉の腕を摑み、宝石みたいな両目から大粒の涙をこぼした。

「ずっと、お姉ちゃんに憧れてた」

香菜子の突然の告白に、三葉は耳を疑った。

「私はいつもこらえ性がなくて、何でも長続きしなかった。愛想を振りまくことしか出来なくて、心を許せる友達なんていなかった。でもお姉ちゃんは、みんなからふくちゃんって呼ばれて慕われてた。何度失敗しても、絶対に諦めないでやり遂げる強さを持っていた」

三葉はずっと、香菜子みたいになりたかった。それなのに、姉妹で同じことを考えていたなんて想像もしていなかった。

「高校の時だってデートをすれば、先輩は私なんかよりお姉ちゃんを選ぶと思ってた。でもそれでお姉ちゃんが怒るなんて、全然考えてなくて……」

三葉はふいに、幼かった頃を思い出した。怖《こわ》がる香菜子はいつも、怒っているみたいに顔を強ばらせた。三葉へのこれまでの態度は、怯えていただけだったのかもしれない。

「私のことなんか嫌っていい。でもお願いだから、それ以上痩せないで。どうかちゃんと、ごはんを食べて……」

涙を流し続ける香菜子を、三葉は包み込むように抱きしめた。

「わかったよ。お願いだから、泣き止んで」

憧れていた香菜子より、三葉の体はずっと細くなっていた。三葉の上着に、涙が染み込む。昔のように頭を撫でると、香菜子のすすり泣きが部屋に響いた。

二ヶ月後、三葉は香菜子をしずくの朝ごはんに連れてきた。

香菜子は高校時代からの距離を埋めるように、三葉の家に入り浸っていた。だが夏休みが長期に渡る大学生と違い、専門学校の夏期休暇は二週間程しかない。昨夜も家に泊まったのだが、三葉は今日から授業だった。そこで三葉は夜更かしした妹を叩き起こし、とっておきの店に案内したのだ。

香菜子は持ち前の明るさで、店にいた理恵や露たちとすぐに仲良くなった。そんな姿を見ても、三葉は嫉妬心を抱かなくなっていた。

日替わりスープは小松菜と豆乳の冷製ポタージュだった。ほのかな苦みが食欲をそそり、香菜子も気に入ってくれたようだった。小松菜はカルシウムが豊富で、ダイエット時に陥りやすい骨粗鬆症《こつそしょうしょう》を防ぐらしい。さらに豆乳に含まれるイソフラボンは、崩れがちなホルモンバランスを整えてくれるそうだ。

麻野の助言通り、三葉は心療内科でカウンセリングを受けるようになった。それと同時に三葉は、自ら書籍を当たって摂食障害になりやすい人物像を調べはじめた。

まず体重を気にする人が多いため、男性より女性のほうがなりやすいとされていた。その他に、自尊心の極端な低さが摂食障害を引き起こすと考えられていた。自分は駄目だと思い込むせいで容姿に過度な嫌悪を催し、正常でない食事行動に走るというのだ。

その原因として、家族関係に問題を抱えているケースが多いという。例えば子供を支配しようとする親に育てられ、不自然なまでに聞き分けの良い子に育った場合にも、摂食障害になる確率が高まるらしかった。

母との関係は改善されていない。一度香菜子を交えて話し合ったが、母は娘たちの主張が理解出来ないようだった。これまでの不満を訴えても、「そんなことない」「気のせいだ」「私の育児は完璧だった」と聞き入れてくれなかった。

母は自分が正しいと信じ切っている。考えを変えることは不可能なのかもしれない。

ただ三葉は、互いを完全に理解する必要はないと考えるようになっていた。親子といっても別の人間であり、価値観が合わないこともある。それは愛情の有無とは関係ない。娘たちが思い通りにならないことに母が拒否反応を示すこともあるだろうが、親離れ、子離れには必要な痛みなのだろう。

「美味しいね、お姉ちゃん」

危険な状態まで減少した体重は、あと少しでＢＭＩ値における〝やせすぎ〟から〝やせぎみ〟まで回復しそうだった。太ることへの恐怖心は完全には消えていないが、徐々に標準体型まで体重を増やしていこうと考えていた。

香菜子に笑顔を返し、三葉もスープをすくった。淡い緑のポタージュは喉を通り、体の奥へ染み渡るような気がした。

第四話

日が暮れるまで待って

1

奥谷理恵は半月ぶりの休みとして、平日に代休を取得した。ひさしぶりのオフの日は、掃除や買い物など家事を済ませたら終わっていた。今日は二日ぶりの出社で、充分な睡眠を取れたおかげか化粧のノリは申し分なかった。

校了直後の「イルミナ」編集部はのんびりとした空気が流れていた。

「さて、今月号もがんばるか」

めいっぱい伸びをしてから、ホワイトボードで同僚の予定を確認する。編集長の布美子は新居への引っ越しのため有給を取っていた。最近採用された新入社員も仕事に慣れはじめ、今日は半休を取って午後から出社する予定だと書いてあった。

そこに後輩の長谷部伊予が、気怠そうに出勤してきた。

「あっ、奥谷先輩、聞いてください。昨日のお昼に、しずくで面白そうな場面に遭遇しちゃったんですよ！」

理恵に気づいた途端、伊予が勢いよく話しかけてくる。本当は新規店舗の情報交換をしたかったのだが、しずくの話となるとつい耳を傾けてしまう。

理恵が徹夜した一昨日、伊予は受け持ちのページを終わらせて終電で帰宅した。翌日は昼過ぎから打ち合わせがあったため、伊予はランチをしずくで食べてから出社することにしたらしい。

伊予はランチの開店時刻である十一時半より早く到着した。看板がCLOSEDになっていたので店の前で待っていたら、突然ドアが開いて女性が飛び出してきた。女性は目に涙を浮かべていて、ドアベルの音と一緒に走り去っていった。直後に麻野が店から出てきて、イーゼルボードを店の前に置いた。

「いらっしゃいませ、長谷部さん。お一人ですか？」

「は、はい」

麻野はドアの看板をOPENに変え、平然とした態度で伊予を招き入れた。面食らった伊予は何も質問出来ず、導かれるまま店内に入っていった。伊予が日替わりスープである中華風薬膳スープを食べている間も、麻野は普段通りに調理や接客を進めていたそうだ。

話し終えた伊予は、理恵を指さした。

「あたしの勘では、あの女は麻野さんに告白したんですよ。それで振られて、泣きながらダッシュで消えていったんです。麻野さんはイケメンで性格も良くて人気店のシェフなんですから、油断してちゃ駄目ですよ」

「それ、どんな女性だった？」

伊予の戯言《たわごと》を聞き流し、理恵は走り去った人物の特徴を訊《たず》ねた。

「えっとですねえ」

伊予は派手めの女性だったと曖昧にしか覚えていなかったが、目元のホクロという大きな特徴だけは唯一記憶していた。泣きぼくろって色っぽくていいですよね、と伊予が自分の言葉にうなずいていた。

「私、その人に心当たりがある」

「まじですか。先輩を交えての修羅場ですか？」

「昨日の朝営業に、私もしずくへ行ったの」

一昨日、理恵は夜中に仕事を終わらせてから会社で仮眠を取ったのだが、目が覚めるとしずくの朝営業がはじまる時間だった。そこでしずくで朝食を摂ってから帰宅することに決め、朝早くに会社を出た。

「私が店に入ってすぐ、女性三人組がやってきたんだ。そのうちの一人が、長谷部さんの目撃した女性と特徴が同じなの」

「つまりその女性は朝営業から数時間後のランチタイムに、なぜかしずくへ舞い戻ってきたわけですか」

「そうなるわね」

理恵は腕を組んで、小さくうなった。

「実は、もう少しで警察を呼ばれるところだったんだ」

「マジですか！　面白そうですね。教えてくださいよ」

伊予が興味津々な態度で身を乗り出してくる。感覚的には一昨日だが、日付でいえば昨日の朝にあたる出来事を、理恵は思い返していった。

2

会社から出た瞬間、理恵は初夏の陽射しを手のひらで遮った。夜通し働いた後の朝日は、なぜか目に突き刺さる。いつもなら自宅に直行するのだが、消耗した心と体は栄養を求めていた。

「今日のスープは何だろう……」

ひと気のない道を、重い足取りで進んでいく。車道にはほとんど車が走っておらず、通行人よりカラスの方が多かった。排ガスで汚れていない空気は清々しく、理恵はため息のような深呼吸をした。

オフィスビルの合間に建つ古びたビルの一階で、今日もしずくは営業していた。

ドアを開けると、麻野がいつもの穏やかな笑みで出迎えてくれる。初来店から九ヶ月経過し、朝昼夜のどこかの時間帯に週三回は欠かさず訪問するようになっていた。

最近は伊予や三葉と香菜子の姉妹、椎名と星乃など朝営業に来る客も増えていたが、今日は誰の姿もなかった。

理恵は入り口に近いテーブル席に腰かけた。

店内には、いつものブイヨンとは違う芳ばしい匂いが漂っている。奥にあるブラックボードに中華風薬膳スープと書かれてあり、理恵は香りの正体がゴマ油やネギだと気づいた。

「今日は中華なんですね」

「以前から薬膳を研究したいと考えていたので、思い切って材料を色々と仕入れてみました。本日もこちらでよろしいですか？」

「楽しみです」

期待に胸を膨らませながら、理恵はまずドリンクとパンを取りに行った。篭に焼きたてパンが盛られている中、見慣れない白パンがあった。トングでつかむと潰れそうなほど柔らかい。中華料理の蒸しパンを日替わりメニューに合わせて試作したらしい。ドリンクに烏龍茶が用意してあったので、どちらもいただくことにした。

「お待たせしました」

席に戻るとすぐ、麻野が厚みのある淡い藍色の深皿を運んでくれた。スープと一緒に、具入りラー油の載った小皿が添えられていた。

スープは、清湯《ちんたん》と呼ばれる透き通った汁物だった。半透明の緑色をした具材は冬瓜で、紫がかった黒色のドライフルーツみたいな食材はナツメだと思われた。他にも鶏団子や青梗菜《ちんげんさい》が入っていて、千切りの生姜《しょうが》があしらってあった。

ブラックボードによると冬瓜とナツメ、生姜はむくみに効くらしく、徹夜明けの理恵にはありがたかった。

レンゲですくって口に含むと、鶏のダシの味が舌に広がった。チキンブイヨンと同じ鶏なのに、ゴマ油や香味野菜と組み合わされると全く違う印象になる。とろとろに煮込まれた冬瓜は軽く噛むだけで崩れ、弾けるように染み込んだスープが溢れた。

ふわふわな鶏団子に青梗菜の苦味、ナツメのフルーティな甘さと千切り生姜の辛みなど、楽しめる味が豊富で、なおかつコクのあるスープが全体をしっかり受け止めている。淡泊な中華蒸しパンとも相性が抜群で、烏龍茶はすっきりと口の中をリセットしてくれた。

「さすが麻野さん。中華もばっちりですね」

「お口に合ったようで何よりです。お好みで、当店特製のラー油をお加えください」

小皿に鼻を近づけると、花椒《かしょう》やシナモンなど様々なスパイスが入り交じった香りが飛び込んできた。異なる味に変化するのが想像出来て、理恵はラー油を入れるのが楽しみになる。しかし元のスープも味わいたかったので、理恵は半分まで食べ進めたらラー油を試すことにした。

普通のパンを食べようか迷っていると、ドアベルが鳴った。

「本当にこんな時間に営業してるんだね」

「私の言った通りでしょう？」

女性三人組がお喋りしながら入ってくる。年齢は全員二十代半ばくらいで、理恵の知らない人たちだった。

「おはようございます。いらっしゃいませ」

麻野が出迎えると、黒のロングヘアで長身の女性が目を輝かせた。落ち着いたベージュのブラウスにプリーツスカートを合わせ、フレームレスの眼鏡をかけていた。

「うわ、店長さんかっこいい。タイプなんだけど」

「ちょっと凛《りん》、自重しなさいって。婚約したばかりでしょう」

声が大きく、会話が自然と耳に入ってくる。全員の衣服やヘアセットがくたびれていることから、徹夜明けだと思われた。理恵の前を横切る際、凛と呼ばれた女性の左手薬指が光を反射させた。

麻野が席に案内し、朝ごはんの説明をはじめる。スープが一種類しかないことに戸惑いを見せるも、三人は朝営業のシステムにうなずいた。

パンとドリンクを取りに行ってから、席に戻る間も三人はずっとお喋りを続けていた。

「清香《きよか》、よくこのお店を知ってたよね」

音楽が流されていないため、三人組の会話はよく通った。早朝の静けさは、人が動き出してからの時間がいかに雑音で満ちているかを実感させてくれる。

「生徒から聞いたの。ふくちゃんっていう、みんなから好かれている子でさ」

ふくちゃんは理恵とも面識のあるこの店の常連で、人懐こい笑顔の専門学校生だ。何度か話をしたことがあるが、人当たりの良い優しい女の子だった。

清香という女性は専門学校の教員か職員なのだろう。清香は先ほど凛をたしなめていた人物で、肩まである髪を暗めの茶色に染めている。ティーシャツにカーディガン、スキニージーンズというさっぱりした服装だ。

残る一人は金髪を縦ロールにした、花柄の派手なワンピースの女性だった。右目の下にホクロがあるのが印象的で、会話には参加せず二人の話に相槌《あいづち》を打っていた。

スープを運んできた麻野に、凛が親しげに話しかけた。

「これってむくみに効くみたいですね。夜通し遊んだせいで、顔とか脚とかパンパンなんですよ」

「昨晩は盛り上がったご様子ですね」

麻野が卒のない笑顔で応える。ハイテンションな凛ではなく、清香が丁寧な口調で返事をした。

「この子の婚約祝いで集まったんです。高校の同級生なんですが、今日のために全員で休みを合わせたんですよ。徹夜でカラオケなんてひさしぶりでした」

学生時代の繋がりは社会人になっても続いていく。勤めはじめると休日が合わず会う機会は減るが、それでも縁が切れないのが友達なのだろう。

麻野が厨房へ消えると、三人組は再び会話に花を咲かせはじめた。

「ハネムーンはペルーに行きたいって言われてさ。でも、ちょっと遠いよね」

新婚旅行の話がはじまったようだ。イルミナの仕事が忙しくて旅から遠ざかっているため、理恵は失礼を承知でつい会話に耳をそばだててしまう。

ペルー旅行と聞き、清香が苦笑いを浮かべた。

「あいつ、昔からインカ帝国とか好きだったな。小学生の頃から全然進歩してないね」

「彼の小学校時代とか想像できない。今度卒アル見せてもらおうかな」

「……南米って治安が悪いらしいけど平気かな？」

初めて、色っぽいホクロのある女性が口を開いた。徹夜のせいなのか疲れたような喋り方だった。その言葉に、凜がうなずいた。

「由梨乃《ゆりの》の言う通り、それが何より心配なんだ。それで色々調べたら、変な防犯対策を見つけちゃってさ」

凛が楽しそうに、とある女性に起きたという話をはじめた。

その女性は海外旅行の最中、バッグを盗まれてしまう。財布やパスポートはバッグの中で、観光途中だったためホテルまでも距離があった。言葉が通じない状況だったが、女性は隠しておいたお札のおかげで何とか大使館に助けを求めることが出来た。

そこまで話したところで、清香が口を挟んだ。

「それ知ってる。ブラジャーのパットを入れるとこに紙幣を隠すんだよね」

「先に答えを言わないで！」

「……凛ちゃんの場合、そのまま洗濯しそう。高校時代から失くし物が多かったし」

「確かに、そうだけどさ」

由梨乃の指摘に、凛が口を尖らせる。その様子に清香と由梨乃が笑いはじめ、すぐに凛も表情を綻ばせた。ひとしきり笑った後で、清香が小さくため息をついた。

「あいつと凛が結婚か。想像つかないよ。何度も聞くけど本当にあれでよかったの？」

「もちろんだよ。あんなに優しい人は他にいないもの。紹介してくれた清香には、本当に感謝してる」

凛の口調が安らぎに充ちたものに変わった。婚約者への想いが、温かな微笑みに表れているように感じた。

「まあ、それならいいけどさ」

凛の変化に戸惑いを見せつつ、清香は肩を竦めてうなずいた。

そこで理恵は話を聞くのを止め、食事に戻った。

中華スープが半分に減ったので、自家製ラー油を投入することにした。小皿からスープへ移すと表面に赤い油膜が広がり、火鍋《ひなべ》のような見た目になった。レンゲですくって口に含むと辛さはそれほど強くなく、花椒やシナモン、八角《はっかく》などの香りが鼻を抜けていった。澄んだ味から一転、複雑で強烈な印象に変化する。起き抜けの寝ぼけた体には、程よい刺激になりそうだ。

「凛ちゃんは再来月に今の仕事を辞めるんだよね。……羨《うらや》ましいな」

旅行に続き、今度は仕事という単語を耳が拾った。興味のある言葉には自然と脳が反応するらしい。

沈んだ口調の由梨乃に対し、凛と清香が心配そうな様子で身を乗り出した。

「余計なお世話かもだけど、やっぱり由梨乃にキャバクラは合ってないよ」

「あたしもそう思う。花屋になるのが夢だって、昔から話してたじゃん」

由梨乃はうつむきながら、ゆっくり首を横に振った。

「でも、お父さんの会社の売り上げが下がって、家計が厳しいんだ。引き取ってもらった恩は返さなきゃ」

深刻な空気が流れ、理恵は盗み聞きをしたことを反省する。

「あっ」

凜が大きな声を上げ、理恵は反射的に顔を向けた。凜の前にあった小椀《しょうわん》が倒れ、スープがテーブルにこぼれていた。手にかかったようで、凜が自分の腕に視線を向けている。

「大丈夫ですか?」

麻野が濡れタオルを手に、急いでフロアにやってくる。清香と由梨乃が紙ナプキンに手を伸ばし、それぞれ凜に手渡したり、テーブルを拭きはじめたりした。理恵も手伝おうか迷ったが、邪魔になりそうなのでやめておいた。麻野が火傷を心配しているが、スープが冷めていたおかげで平気なようだった。

「手を洗ってくるね」

凜がトートバッグを片手に洗面所へ消えていく。その間に麻野は小椀やレンゲを交換した。ふいに理恵もお手洗いへ行きたくなるが、凜が出てくるまで待つことにした。

「みんな、騒がせてごめんね」

数分で凜が戻り、麻野や友人たちに頭を下げた。

「バッグが濡れていますね。どうぞお使いください」

凜のトートバッグの底に水が染みていて、麻野が数枚の紙ナプキンを凜に渡した。

「うわ、本当だ。何度もお手数をおかけします」

そのやりとりを横目に、理恵はトイレへ向かった。

ドアを開けるとまず、洗面台が設置されている小部屋があった。

いつも掃除が行き届いていて、季節ごとに異なる花が飾られている。今日は細長く黄色いつぼみの切り花が飾られていて、そのうちの一本が今にも綻びかけようとしていた。アメニティとして、使い捨ての歯ブラシと紙コップが用意してあるのが嬉《うれ》しい心配りだ。

そこからもう一つドアを開けると、トイレがあるという構造になっている。

用を足してから洗面台で手を洗おうとすると、台の脇が水で濡れていることに気づく。バッグを置けるくらいのスペースに、布でぬぐいきれなかったような水の跡が広がっていた。理恵は紙タオルで拭き取ってから、手洗いを済ませた。

席に戻ってからは、三人の会話を意識的に聞かないようにした。お茶を飲みながら、何も考えずにぼんやりする時間を心から贅沢《ぜいたく》だと感じた。

「そろそろお会計にしよっか。あ、その前にちょっと失礼」

「わたしも化粧直しに……」

気がつくと、三人は帰る用意をはじめていた。まず清香が立ち上がり、すぐに由梨乃も腰を上げた。清香と由梨乃が並んでお手洗いへ歩いていき、凛が先に自分の支払いを済ませた。むくみが取れる働きとはつまり、利尿作用があるということだ。理恵も含め、洗面所を使う頻度が高いのは偶然ではないようだ。

数分後、清香と由梨乃が同時に戻ってきた。順番に別会計をしていたが、その間も三人はお喋りを続けていた。

「あっ」

ふいに凜が視線を落とし、大きな声を上げた。顔を向けた先は由梨乃の足元だった。

「大変、靴が汚れてるよ。これってラー油の色だよね」

「あ、気づかれちゃった。ハンカチで拭いたんだけど取れなくてさ」

「ごめん、あたしのせいだ。クリーニング代は払うよ」

「安物だから気にしないでいいよ」

由梨乃は白色のパンプスを履いているので、赤色の油汚れは目立つはずだ。

凜が何度も弁償を申し出るのを断りながら、由梨乃たちは店を後にした。ドアが閉まった途端、店内は静寂に包まれた。

「こんなに賑やかな朝営業は初めてでした」

理恵がそう言うと、麻野が苦笑いを浮かべた。

「たまにはこんな朝も悪くないかと」

「まあ、そうですね。……あれ？」

店の奥にある扉に人影を発見する。麻野の娘である露が顔を出し、探るような様子で店内を見回していた。

「おはよう、露ちゃん」

「おはようございます」

理恵が声をかけると、露はフロアにやってきて椅子に腰かけた。座ってすぐに麻野がテーブルに露の分のスープを置いた。

「おはよう、露。今日は中華風のスープだよ。半分くらい食べたら、ちょっとだけラー油を入れてみようか。辛いから気をつけてね」

「うん、わかった。今日も美味しそうだね。いただきます」

手を合わせてからスープを口に含むと、露は満面の笑みを浮かべた。その光景を見ているだけで、理恵は疲れが取れるような気がした。

「今日は来るのが遅かったね」

いつも露が下りてくる時間を、今日は十分程過ぎていた。

「理恵お姉ちゃんと一緒に食べたかったんだけど、……声の大きな人たちがいたから」

露には先程の女性三人組は騒がしすぎたようだ。

「それに、何となく怖い気がして」

露は三人組に何かを感じたらしい。

「どうして怖いと思ったの?」

理恵が訊ねると、露が首を傾げた。露は感受性が強く、過度に疲れていたり、哀しみを抱いているような人を敏感に察知する。麻野はカウンターの向こうで、ジャガ芋をくるくる回しながら包丁で器用に皮を剝いていた。

露が迷った様子で説明をはじめた。

「可愛いバッグを持ってる子が、みんなからいいなって言われてるのに、後でその子がいない時に、似合わないよねって言われるみたいな。そんな時の気持ちが、髪の長い人に向けられているように思ったの。……うまく言えなくてごめんなさい」

「嫉妬ってことかな?」

「どうなんだろう。……多分、そうかも」

小学五年生の世界にも、複雑な人間関係があるようだ。そのドロドロとした感情を、露はあの三人組から感じ取ったらしい。

突然、出入口のベルが激しい音を立てた。

理恵と露は同時にドアへ顔を向ける。すると店にいた三人組の一人である凜が飛び込んできて、店内に向けて大声で叫んだ。

「すみません。指輪を忘れてしまいました!」

3

凜は慌てた様子で洗面所へ走っていったが、数分後に青い顔で戻ってきた。

「ありませんでした。トイレで外したのは間違いないのに……」

凜の震える手には、指輪がはめられていなかった。凜の主張では、スープで汚れた左手を洗面所で洗う際に、指輪を外して脇に置いたままにしたらしい。そして忘れた状態で友人たちと別れ、地下鉄に乗ろうとした時点で気づいたそうだ。

理恵は洗面所を思い返すが、指輪は置いてなかったはずだ。照明のついた狭い部屋で、洗面所の脇に宝石の輝きがあれば必ず目に入るはずだ。

そこで理恵はふと、凜からじっと見られていることに気づいた。理由を考え、自分が凜のすぐ後に洗面所へ入ったことを思い出した。状況を鑑みれば、理恵が指輪を持ち去った可能性が最も高いのだ。麻野が凜に対し、頭を下げた。

「気づけずに申し訳ございません。私も確認してまいります」

麻野が洗面所に消え、店内に三人だけが残された。不安そうにする露に構わず、凜は引き続き理恵に訝《いぶか》しむような視線を向けていた。

「あの指輪は義母になる女性から譲り受けた、婚約者の家に伝わる大事な品なんです。

紛失したと知られたら、婚約破棄もあり得るかも……」

そこまで大切なら自宅に保管すればいいと思ったが、長年の友人に見せるために持ってきたのかもしれない。

凜はうつむきながら、はっきりとつぶやいた。

「見つからなかったら、警察に行かなきゃ」

「待ってください。警察は早まりすぎでは。じっくり探してみましょう」

不穏な発言に焦り、理恵はつい早口になった。

「呼ばれるとまずいことでも?」

理恵は通報されても問題ないが、警察沙汰は飲食店にとって迷惑にしかならない。

あらぬ噂《うわさ》ほどすぐ広まるものだし、売り上げにも響いてくる。

そこで突然、露が凜に向けて口を開いた。

「理恵お姉ちゃんは、悪いことなんてしません」

突然子供が口を挟んできたことで、凜は返事に困っている様子だった。

洗面所のドアが開き、麻野が片手を上げながら戻ってくる。二本の指でつまんだ先にある物が、照明の光を反射させた。

「こちらでよろしいですか?」

「それです。どこにあったのですか!」

「物陰の、わかりにくい場所に落ちていました」

血相を変えて手を伸ばす凜に、麻野が指輪を差し出した。受け取った凜は手を握りしめ、慈しむように胸へ押しつけた。

「隈なく探したつもりだったのに……」

探し物が見つかれば満足なのだろう。凜は麻野に頭を下げ、しずくから去っていった。帰り際に理恵と目が合ったが、気まずそうな表情で視線を逸らしただけだった。

凜が帰った途端、どっと疲れが押し寄せてきた。十分足らずの出来事だが、疑われたことで緊張していたようだ。元々徹夜で疲れ切っているのだ。理恵は会計を済ませ、見送りのために席を立った露の頭を撫でた。

「露ちゃん、かばってくれてありがとう」

「また来てね」

露に手を振りながら、理恵は店を出た。道路の交通量は増え、街には騒音が溢れていた。電車を乗り継いで自宅に戻り、シャワーを浴びて布団に寝転がる。意識を失うように眠り、気がついた時には昼過ぎになっていた。

理恵は二人きりのイルミナ編集部で、伊予への説明を終えた。

伊予が腕を組んで首をひねりはじめる。しずくの洗面所なら数分で探し尽くせることには伊予も同意見だった。凜が発見出来なかった指輪を、麻野がすぐに見つけ出したことは疑問だった。

「洗面所にあるのは、鏡台と洗面台。歯ブラシ置きか」

「壁面にあるペーパータオルのホルダーはちょっと怪しいですね。蛇口の脇にはハンドソープと花瓶で、昨日の花はユウスゲでした」

「あの花、そんな名前なんだ。後はゴミ箱だけど、朝営業では空の場合が多いよね。私がペーパータオルを捨てた時点で、何も入っていなかったよ」

凜はおそらく手を拭くのに自前のハンカチを使ったのだろう。

理恵は鏡台と壁の境目や、床面などを思い返した。指輪がはまりそうな隙間はなく、探すにしても手間はかからないはずだ。

「誰かがわざと隠したんですかねえ。一番怪しいのはランチ前に来た派手な女性ですけど、面白そうなのは三葉ちゃんの専門学校で働いてる女性ですね」

「どうして？」

「だって、友達の婚約者の幼馴染みだったんですよね。長年想いを寄せていた幼馴染みを盗られた恨みで、指輪を隠して破談を狙ったんですよ！」

ペルー旅行の話をしていた際に、清香は凜の婚約者の小学校時代について言及をしていた。凜の婚約者と清香は、凜や由梨乃より古い付き合いなのだと思われた。

その後も推理を交わすがすぐに行き詰まり、理恵たちは仕事に集中することにした。伊予はホワイトボードに直帰と書いてから、三時頃に会社を出て行った。理恵は美容院への挨拶回りと新規店舗の営業に費やし、定時に退社した。

翌朝、理恵はしずくを訪れた。今日はテーブル席ではなくカウンターに座る。ブラックボードには中華風の薬膳スープ中華ハム仕立てと書いてあった。

麻野はカウンターの向こうでサラダの仕込みをしていた。野菜や下拵《ごしら》えは主にカウンターの向こうにあるシンク脇で行われ、火を使う作業は奥の厨房が使用される。

「今日も中華なんですね」

「興味のある食材がたくさんあって一通り仕入れたのですが、慎哉くんに買いすぎだと怒られてしまいました。一応、昨日とは味を変えてありますよ」

慎哉はスープ屋しずくの男性スタッフで、主に接客やワインなどのドリンク類を任されている。軽薄な印象とは裏腹に几帳面な性格らしく、意外なことに経理も担当しているそうなのだ。

スープが出てくる前に、理恵は洗面所に入った。一昨日と変わらぬ光景だが、つぼみのままだった花が開いていた。百合のような黄色い花で、伊予はユウスゲだと話していた。

改めて確認しても、やはり探すのに時間のかかる場所ではない。水道管に入れば麻野も回収に時間がかかっただろうし、凛にもその旨を説明するはずだ。

解決の糸口を得られないまま席に戻ると、麻野がスープを出してくれた。昨日と似た透き通った中華スープだが、具材が異なっていた。

カンピョウのような、黄色がかった茶色の平べったくて細長い食材が入っている。見たこともなければ、食べたこともない。ブラックボードに金針菜《きんしんさい》とあるので、おそらくそれなのだろう。注釈によると、鉄分がほうれん草の二十倍も含まれる他、抗鬱《こううつ》作用のあるトリプトファンや睡眠を改善させるメラトニンなども含まれているそうだ。他にもクコの実やキクラゲなど見慣れた食材も加えられていた。

「いただきます」

昨日は鶏ベースだったが、今日は中華ハムからのダシが贅沢《ぜいたく》に出ていた。金針菜はこりこりとした食感で山菜のようなクセがあり、理恵の好きな味だった。

「今日のスープもいいお味ですね」

「ありがとうございます」

漢方薬らしいスパイスのような風味をいくつも感じたが、複雑過ぎて正体がわからない。しかし味を分析などせずに、奥深い滋味に浸るのも幸せだった。スープを吸った春雨や、キクラゲ、タケノコなど中華の定番の具もよく合っていた。

スープを味わいながら、理恵は一昨日の件を訊《たず》ねるか悩んでいた。他の客のことを無闇に訊ねるのは失礼だと思ったのだ。

麻野はカットした大量のサニーレタスを、プラスチックのざるに入れていた。作業の手を止めないまま、麻野がふいに口を開いた。

「一昨日の指輪の件が気になりますか？」

急に声をかけられ、思わずむせそうになる。

「……わかりますか？」

「帰り際に気にされていたご様子でしたし、先ほども洗面所を確認されているようでした。それに長谷部さんからランチ開始時の話を聞いて、会社で話題にされたかなと」

全部見透かされていたようで、理恵は観念することにした。

「正直気になっています。あの洗面所のどこに指輪があったのか。なぜ由梨乃さんはしずくにやってきたのか。でも無関係の私が訊ねていいか迷っていました」

「露から聞きましたが、指輪を紛失された方は奥谷さんに疑惑の目を向けていたようですね。それに警察を呼ぼうとしたのを止めようとしてくださったとか。奥谷さんも当事者ですので、顚末《てんまつ》を聞く権利はあると思います」

麻野は水切りした大量のサニーレタスをタッパーに移し替え、カウンターの下にある冷蔵庫にしまった。それから作業を止め、水道で丁寧に手を洗った。

「あの時、洗面台のとある場所に指輪は隠されていました。ところで奥谷さんはあの日、お手洗いに入ったお客様の順番を覚えていますか？」

伊予との会話で整理してあったので、理恵はすぐに答えることができた。

最初に洗面所に入ったのは凛だ。スープのかかった手を洗うために指輪を外し、そのまま置いてきたのが騒動の発端となる。そして直後に理恵が入ったことで、凛に疑われる羽目になった。

「まずは指輪の行方を順に整理していきましょう」

麻野が口を開いた。

「指輪をなくされたお客様のトートバッグは、お手洗いから戻ってきた際に底が濡れていました。おそらく洗面台脇に置いたのでしょう」

「確かに濡れていましたね」

理恵が洗面台を使用したとき、脇のスペースが濡れていて、布でぬぐったような跡ができていた。

「指輪は洗面台の脇にあったそうなので、バッグを動かした拍子に指輪が転げ落ちたのだと思われます」

理恵が洗面所を利用した時点で、指輪は床にあったらしい。だから理恵は指輪に気づけなかったのだ。

その後に時間をおいて、清香が洗面所へ行くために立ち上がった。続けて由梨乃も「化粧直しに」と言い、二人は並んで洗面所へ入っていった。

「あのお二人は戻ってくるタイミングも一緒でした」

「そういえばそうでした」

清香がトイレに入っている間に、由梨乃が洗面台の鏡の前で化粧直しをしていた。戻ってくるタイミングが同じ理由として、麻野はそう推理した。

「髪の色の明るいお客様は、パンプスについたラー油の飛沫《ひまつ》が取れなかったと話していました。パンプスの汚れを拭くためには、しゃがむ必要があります。腰をかがめて目線が低くなったことで、床に落ちていた指輪を発見したのでしょう」

「そうなると、指輪を拾ったのは由梨乃さんになりますね」

「残念ながらそうなります。おそらく、持ち去るのは危険だと考えたのでしょう。持ち主が指輪を忘れたことに気づく可能性は高いですし、洗面所に置いた指輪が消えれば容疑者は絞られます。そこで指輪をある場所に隠したのです」

由梨乃の服装はワンピースとハンドバッグだけだった。仮に盗難が疑われて、持ち物検査や身体検査をされたとしたら簡単に発見されてしまう。ブラジャーに隠す方法も、直前に話題に挙がっているだけあって使いにくい。

「それで結局、指輪はどこに隠されていたのですか？」

麻野が口元を緩め、目の前のスープを指し示した。

「偶然ですが、本日のスープにヒントが潜んでいます」

理恵は手元のスープを見つめた。肉や野菜の色が移ったスープに油脂が浮かび、刻んだハムや赤いクコの実、黒いキクラゲ、金針菜が贅沢に入っている。ひと口だけ飲んでみたが、味のバランスが絶妙なこと以外わからなかった。

「降参です」

理恵が音を上げると、麻野は厨房から黄土色で平べったい萎《しお》れた植物を持ってきた。

「これは？」

「水で戻す前の金針菜です。百合科の植物の花弁の部分を乾燥させた、主に台湾で収穫される漢方食材です」

先ほど麻野が示したヒントとは金針菜らしいが、理恵にはそれでも真相がわからない。視線で助けを求めると、麻野がいたずらめいた微笑みを浮かべた。

「指輪はユウスゲのつぼみの中に隠されていたのです」

4

答えを聞いた理恵は、早速洗面所へ向かった。

ユウスゲは金針菜の原料と同じ、ユリ科ワスレグサ属の植物らしい。手洗い場のすぐ横に花瓶があり、そこにユリに似た黄色い花が咲いていた。スマートフォンで金針菜の原材料の画像を調べると、ユウスゲによく似た花が表示された。

「この中にあったんだ」

まだ咲いていない花にそっと触れる。細長いつぼみは、指輪が落ちない程度の強度ならあると思われた。普段のつぼみは固いが、開きかけであればガクの間から押し込むことが出来そうだ。

理恵はカウンターに戻り、推理の続きに耳を傾けた。

「お客様のひとりが、花屋になりたかったという話をされていました。それで、もしやと思い調べたら指輪が出てきたわけです。ランチタイム開始すぐに来店されたのも、夕方に開花する特性を知っていたからでしょう」

ユウスゲという花は、夕方にかけて徐々に開花する性質があるらしい。そのため咲きかけのつぼみに隠した指輪は、夕方までに落下する可能性が高かった。

それ以外に、掃除の拍子に落下して店員に発見されることも考えられる。最悪、客や店員が持っていくことも否定できない。そこで由梨乃はランチタイム開始前に来店して、指輪を回収しようと考えたのだ。

開店前に来た由梨乃は、洗面所を使いたいとドア越しから呼びかけたらしい。麻野は凛に指輪を返したことを告げ、さらにつぼみの中にあったことも説明した。麻野が黙っていると、由梨乃は泣きそうな表情でこう聞き返したそうだ。

「そのこと、凛ちゃんに言いましたか……?」

それから麻野は、店内で由梨乃と十五分ほど話をしたそうだ。

由梨乃は幼稚園の頃に両親を亡くし、遠縁である子供のいない夫婦の養子となった。だが由梨乃が小学生の頃に夫婦に実の息子が誕生し、それ以来肩身の狭い思いをしながら育ったそうだ。キャバクラ勤務も、進学を控えた弟の学費を稼ぐのが目的らしい。

「凛ちゃんが羨ましかったんです」

由梨乃は盗んだ動機をそう吐露したそうだ。指輪を売却する意志はなく、回収した後は本人に戻すつもりだったらしい。凛の結婚相手は経済的に恵まれ、性格も申し分ない。順風満帆な人生を歩もうとする凛を前にして、つい魔が差したのだそうだ。露が敬遠したのは、由梨乃が抱いた凛への嫉妬心だったのだ。

全てを話し終えた由梨乃は、凛に言わないでほしいと懇願したそうだ。友人関係が壊れることを恐れたのだろう。二度とこんなことをしないと由梨乃に約束させ、麻野は凛に伝えないという頼みを受け入れた。

「本来ならどれほど辛い環境であろうと、盗みをしていい理由にはなりません。ですが、つい私情を挟んでしまいました。身寄りのない状況は、……本当にきついですから」

麻野が一瞬悲しそうに目を伏せたが、すぐに元の笑顔に戻った。麻野の周囲に、似たような境遇の人物がいるのだろうか。気になったが、理恵には聞けなかった。

「ただ、少し厳しく注意をしたら泣かれてしまいまして……。反省しております」

ふいにドアベルが鳴り、客が入ってきた。

「おはようございます……。あっ」

麻野が驚いているので顔を向けると、由梨乃が入り口に立っていた。派手に盛った髪型と紫色のマーメイドラインのドレスは、職場での衣装だと思われた。由梨乃はカウンターまで歩いてきて、頭を下げながら小さな紙バッグを麻野に差し出した。

「昨日はすいませんでした。お詫びにどうか受け取ってください！」

遠慮する麻野だったが、熱意に押されて結局は受け取っていた。由梨乃は食事をせずに帰るつもりらしいが、もじもじしながら上目遣いで麻野に訊ねた。

「あの、フルネームを教えてもらえますか？」

「あ、はい。麻野暁《あきら》と申します」

突然の質問に、麻野も困惑しているようだ。由梨乃は目を潤ませ、頬もほんのり赤らんでいた。

「暁さんには、すごく感謝しています。わたし、あんな風にちゃんと叱ってもらったことがなくて……。今度また、食べに来ますね」

「お待ちしております」

麻野の返事に、由梨乃は満面の笑みを浮かべた。わざわざ下の名前を呼ぶことに、由梨乃が麻野へ抱いている気持ちが感じ取れた。

理恵の存在には帰り際に気づいたらしく、由梨乃は躊躇《ためら》いがちに頭を下げた。

「……ごめんなさい」

それだけ告げ、店から去っていった。

「えっと、今のは？」

「奥谷さんが疑われる状況を作ったことに対する謝罪でしょう。僕が最も厳しく注意したのは、その点ですから」

理恵に疑惑が向けられたことを、麻野は一番に怒ってくれた。嬉しくて、急に顔が熱くなってくる。同時になぜか、伊予の言葉が脳裏に浮かんだ。

『油断してちゃ駄目ですからね』

麻野にお礼を言わなくちゃ。理恵が口を開こうとした瞬間、ドアが勢いよく開いた。

「今日も朝食をいただきにまいりました。あ、先輩も来てたんですね」

伊予のせいで、口にしようとしていた言葉は寸前で吹き飛んでしまった。伊予が理恵の隣に座り、スープを覗き込んで目を輝かせた。

「今日もいい香りですね。大盛りでお願いします！」

理恵は小さくため息をついた。麻野はうなずき、紙袋を片手に厨房へ消えていく。すぐに露も二階から降りてくるだろう。理恵はこの穏やかな時間が、出来るだけ長く続けばいいと心から願うのだった。

第五話

わたしを見過ごさないで

現在　――理恵　1

ストレス解消の方法は人それぞれだが、理恵にはショッピングが一番だった。仕事が順調に進んだ週の休日、理恵は軽くメイクをしてデパートへ繰り出した。

土曜日の駅前は多くの人で溢れていた。会社から徒歩圏内なのが気分的に難点だが、お目当てのブランドが集中しているのは代えがたい魅力だった。

七月の陽射しは強く、早速一店舗目で帽子を衝動買いした。次はそれに合う夏服がほしくなり、理恵は他の店に向かった。

麻野はどんな服が好みなのだろう。

ディスプレイを眺めていると、そんなことを考えてしまう。

指輪の盗難騒動から二週間、理恵は一度もしずくを訪れていなかった。

昔から人との距離を縮めるのが苦手だった。

今までの恋愛も、相手から言い寄られて付き合ったことしかない。片思いが成就したことは過去に一度もなかった。意識した途端に緊張してしまい、意中の相手に近づく方法がわからなくなる。それに今の店の雰囲気が大好きだから、下手な行動を起こして行き辛くなる事態も避けたかった。

何より、自分の気持ちに違和感があった。

麻野のことは素敵だと思うけれど、これまで経験してきた恋愛感情とは、どこか違う気がした。自分の想いに納得出来ない以上、行動を起こすことに抵抗があった。伊予に説明したら「なに小難しいこと考えてるんすか」などと文句を言われそうだ。

駅直結のデパートを回り終えると、すでに十三時を回っていた。ランチはデパート内のカフェで済ませたが、味も接客も今一つだった。戦利品は帽子と夏物のワンピースだが、仕事で溜まったストレスはこの程度では消えない。

「そういえば四丁目に出来た雑貨屋さん、まだ行ってなかったな」

仕事柄、会社近辺にある店舗情報には詳しかった。実際に取材をしたり、同僚が担当して誌面に掲載されたりして、気になっていた雑貨屋やアクセサリーショップはたくさんあった。理恵は四丁目へ向かうべくデパートを後にした。

外に出ると駅前広場で、植木の周囲が待ち合わせスポットになっていた。理恵が交差点で信号待ちをしていると、人混みのなかに見慣れた人物が佇《たたず》んでいることに気づいた。

「あれは……」

印象的な長い髪の少女は、麻野の娘の露に間違いなかった。肩から提げる茶色のバッグも露の持ち物のはずだ。

露は白の半袖のブラウスと、ベージュのキュロットという大人っぽいコーディネートだった。首をきょろきょろと回す仕草から、誰かを探しているのだと思われた。

麻野が近くにいるかも、と考えたが土曜はしずくの営業日だ。露は背中を向けていて、理恵に気づいていない。近づいていき、声をかけようとした。

「お母さん！」

露の大声に理恵の足は止まる。露は手を振りながら、街の案内図のそばにいた女性に駆け寄っていった。成人女性が満面の笑みで、露に向けて両腕を広げる。露は立ち止まり、躊躇いがちに足踏みをした後、女性の胸に飛び込んでいった。

女性は麻野と同じ三十代半ばくらいで、気の強そうな顔は露とは似ていなかった。グレーのワンピースとレギンスという服装は、休日の主婦といった雰囲気だ。抱擁が終わると、女性は露に手を差し出した。露は不安そうな様子で応え、二人は手を繋いで繁華街へ歩いていった。

一連の出来事に、理恵の混乱は頂点に達していた。

母親は亡くなったと聞いていたが、露ははっきりとお母さんと呼んでいた。露たちが歩行者たちに紛れてしまう前に、理恵は慌てて後を追いはじめた。

必死に頭を動かし、目の前の光景について考える。

まず露と歩く女性が実の母親である場合だ。理恵が嘘をつかれたことになるが、事情があって亡くなったことにしている可能性は否定出来ない。例えば二度と関わりたくない程にひどい人物を、死んだものとして扱うことは充分考えられた。

また本当に死亡していたとしても、あの女性が母親であるケースは成立する。つまり露の新しい母であり、麻野の再婚相手という可能性だ。その考えが頭に浮かんだ時、理恵は胸に小さな痛みを感じた。

一定の距離を保ちながら露たちを追っていく。時折見える露の横顔は緊張しているように見えた。

陽射しは強さを増し、理恵は額に浮いた汗をハンカチで吸い取った。母だという女性に手を引かれ、露は玩具店に入っていく。ビル一棟が全て店舗になっている大型店だ。

このまま尾行を続けるか迷いがあった。後を追うなんて不審者の行動だが、少しの葛藤の末に玩具店へ足を踏み入れた。

露たちは二階にあるぬいぐるみを扱うフロアに移動し、理恵は商品ラックの陰から様子をうかがった。距離があるため会話は聞こえないが、雰囲気から女性が露に気を遣っているように感じられた。理恵にはそれが、新しく娘になる少女に好かれようとする態度に思えてならなかった。

棚の一角に露が顔を向けた。視線の先には、最近小学生に人気のキャラクターのぬいぐるみが置いてあった。それに気づいた女性が、ぬいぐるみを手にして露に渡そうとする。しかし露が首を振って突き返したため、女性は困った顔で棚へ戻した。

露がバッグに手を入れ、ピンク色の何かを取り出した。女性に声をかけてから、理恵のいる方へ歩いてくる。理恵は焦ってラックの陰にしゃがみ込んだ。

露はピンク色の物体に耳を当てながら喋っていて、フロアの窓際付近で立ち止まった。子供用の携帯電話らしいが、露は麻野から携帯端末の類を買い与えてもらっていないはずだ。ラック越しに耳をそばだてると、断片的に露の声を聞き取ることが出来た。

「本当にいいの？」

建物の大きな窓ガラス越しに、露は地上へ視線を向けながら通話をしている。

「わかった、計画を続けるよ。大丈夫、がんばって食べるから」

露の口調は深刻な気配を纏《まと》っていた。声が途絶えたので覗き込むと、露は女性の元に戻っていた。

露たちは結局何も買わずに玩具店を出た。それを機に、理恵は追跡を止めることにした。だが露の発した計画という言葉や、携帯電話の出所が引っかかっていた。

迷った結果、理恵はしずくへ向かうことにした。外はひどく蒸し暑く、蝉の音が遠くからかすかに響いていた。

スープ屋しずくは、本日もOPENの看板を掲げていた。店に入ると、麻野が客からの支払いを受けているところだった。店内は冷房が効いていて、理恵は小さく息をつく。

日替わりスープは鰯《いわし》のつみれと夏野菜の味噌《みそ》汁だった。しずくは日替わりメニューで和風の汁物も出していて、その日は特別に玄米おにぎりが用意される。上品なお出汁がひかれ、旬の素材がふんだんに使われることで、和風メニューはしみじみとした旨味が楽しめた。ランチはしずくにすればよかったと理恵は後悔した。

「いらっしゃいませ。あっ、ひさしぶりっすね」

出迎えてくれたのは慎哉で、リネンのシャツとコットンパンツに黒色のエプロン姿という普段通りの装いだ。店内に客はいなかった。オフィス街にあるため平日ランチは持ち帰り用のスープを求める客が並ぶが、土曜の昼は比較的空いている。麻野は会計を済ませた後、理恵に笑顔を向けてくれた。

「いらっしゃいませ。ご無沙汰しております。ぎりぎりセーフですね」

二週間ぶりの対面に、つい顔が赤くなってしまう。時計が午後二時の数分前を指していた。ランチタイムは午後二時半までで、ラストオーダーはその三十分前なのだ。

理恵は席に向かわずに、その場で手を振った。

「すみません。今日は客じゃないんです。露ちゃんのことなのですが……」

「あの子なら出かけましたが、どうされました？」

露は午前十時ごろ、クラスメイトの渡辺蓮花《わたなべれんか》と遊ぶために家を出たらしい。向かう先は図書館だと報告してあり、約束自体は数日前から決まっていたそうだ。

「実はさっき、街で露ちゃんを見かけたのです」

理恵は先程の光景を説明した。露の背格好や謎《なぞ》の女性に話が及ぶにつれ、麻野の表情が険しくなっていく。

「露で間違いないようですね」

麻野が言うには、今日出かける際の服装と一致しているらしい。

「気になる点がいくつもあるので、麻野さんに聞いてみようと思ったんです。尾行は我ながらやり過ぎですけど……」

ベルの音が鳴ったので顔を向けると、慎哉がドアを出入りしていた。看板をＣＬＯＳＥＤに変えたようだ。慎哉が氷入りの水を出してくれたので、コップを傾けると渇いた喉に染み渡った。

「でも、妙だよな。露ちゃんには携帯電話を持たせてないんだろう？」

慎哉の疑問に、麻野が深刻そうな顔でうなずいた。

「本当に露が、その女性をお母さんと呼んだのですか？」

麻野の問いに、理恵が首を縦に動かした。口元に手を当てた麻野に、理恵はこわごわと訊ねた。

「あの、露ちゃんのお母さんはもう……」

「亡くなってるよ」

コップの氷がカランと音を立てた。黙り込む麻野に代わり、慎哉が神妙な口調で返事をした。理恵は勇気を振り絞り、最も気になっていた疑問をぶつける。

「例えば奥さんの他に、露ちゃんがお母さんって呼ぶ女性がいるとか……」

情けないことに、言葉の最後は消え入りそうだった。今度も本人からの返事はなく、代わりに慎哉が肩を竦めた。

「俺の知る限りじゃ、こいつに再婚する予定はないよ。そうだよな？」

軽い調子で声をかけた慎哉が目を丸くする。麻野の顔色が真っ青になっていたのだ。

「……一人だけ、露を娘だと認識するかもしれない女性がいます」

麻野の額から汗が流れる。理恵がその意味を訊ねるより先に、慎哉が目を見張った。

「おい、暁。お前まさか、夕月逢子《ゆうづきあいこ》のことを言っているのか？」

二人の間の空気が張り詰めるのがわかった。店内の冷房が勢いを増し、理恵は汗ばんだ身体に寒気を感じた。夕月逢子が何者なのか気になったが、理恵には訊ねていいかわからなかった。

「そういえばあの事件が起きた時も……、静句《しずく》さんに出会ったのも、今と同じ夏の盛りでしたね」

目を細める麻野の視線の先に、遠い過去が映っていることが理恵にもわかった。

過去――静句　1

「やめなさい！」

静句が一喝すると、少年たちは蜘蛛《くも》の子を散らすように逃げていった。立ち入り禁止の廃ビルで、不良の溜まり場として通報の多い場所だった。袋だたきに遭っていた男性を同僚に任せ、静句は太めの少年を標的に追いかける。塀をよじ登ろうとしている所で襟《えり》首を摑み、抵抗してきたところを投げ飛ばして制圧する。

関節を極《き》めて押さえ込むと、太めの少年はすぐに観念した。年代は高校生くらいのようだ。仲間の素性は署で絞り上げれば吐くだろう。同僚に無線で応援を要請してもらうと、すぐに小型警邏《けいら》車――通称ミニパトが到着した。

「巡回中にご苦労さま。麻野巡査は仕事熱心ね」

「職務を全《まっと》うしただけです」

交通課に勤務する先輩に少年の身柄を引き渡す。現場の状況から推測すると集団暴行のようだったが、少年たちの顔の腫れから察すると被害男性も反撃していたらしかった。

被害男性は頭から血を流していて、座り込んだまま同僚に介抱されていた。ミニパトが去ってすぐ、救急車が到着する。立ち上がった被害男性は、なぜか救急車へ向かわずに静句の前にやってきた。

「助かったよ。普段ならあんな連中に負けないんだけど、いきなり背後から殴られてさ。俺、内藤《ないとう》っていうんだ」

「はあ」

擦り傷と腫れだらけだが、端正な顔をしていた。静句より年上に見えるが、年齢不詳な雰囲気を纏っている。パーマを当てた金髪とアロハシャツの組み合わせは、まともな勤め人には見えない。内藤は唐突に、静句の面前に顔を近づけた。

「ところでさ、俺と付き合わない？」

「はあっ？」

静句の困惑を尻目に、内藤は救急隊員の手で車両に押し込まれた。回転灯の赤い光が遠ざかるのを、静句は混乱したまま見送った。

麻野静句は交番勤務の警察官だ。生活安全課少年係への異動を希望しているが、実績がないため配属される見通しは全く立っていない。今は地域の治安を守るため、交番で日々の業務に邁進していた。

内藤は近辺をふらつく無職の遊び人だった。生来の目鼻立ちの良さと口の巧さから女性問題を多く抱え、先日の騒ぎも女性を巡るトラブルが原因だった。内藤がナンパした女性が少年たちのリーダーの恋人だったのだ。内藤曰く「大人びていてガキだとは思わなかった」そうだ。あれ以来繁華街で顔を合わせるたびに声をかけられるが、静句は適当に受け流していた。

季節は七月の終盤で、夏休みの影響か街には学生たちの姿が増えていた。昼過ぎに静句が自転車で巡回していると、公園に人混みが出来ていた。噴水のある広い公園で、騒ぎは芝生の横で起きていた。

「うちの娘になんてことを！」

人垣の中心にいたのは二組の家族連れだった。泣き喚く男の子のそばで祖母らしき腰の曲がった女性が頭を下げていて、その向かいで二十代後半くらいの女性が怒鳴っている。

若い女性のそばにいる子供に、静句は目を奪われた。

まず、胸元まである艶やかな黒髪が印象的だった。小学校低学年くらいの体格で、頰から首筋にかけて見える肌は陶磁器のように白い。夏の盛りなのに長袖のブラウスで、サスペンダーつきの赤いスカートをはいていた。

静句は何よりも、儚《はかな》げな瞳が気になった。長い睫毛《まつげ》が影を落とし、幼いながらに哀愁を漂わせている。

「どうされたのですか。落ち着いてください」

静句が割って入ると、おばあさんは安堵《あんど》したように深く息をついた。若い母親も警官の制服に驚いたのか口をつぐんだ。

当事者や見物人から事情を聞くと、原因は子供同士の喧嘩だった。

まず、少年が黒髪の子をからかいはじめた。しかし黒髪の子が無視し、怒った少年が強く押して転倒させた。

そこに一部始終を目撃した若い母親が走ってきて、怒りのままに少年を突き飛ばした。近くにいた少年の祖母が慌てて謝罪するが、若い母親は激昂《げっこう》し続けたというのだ。

少年も悪いが、すでに祖母と一緒に謝っているのだ。静句が諭すと若い母親も怒りを収め、最後は少年たちに頭を下げた。騒動が収束すると人だかりは消え、少年も祖母に連れられ帰っていった。

「申し訳ありません。この子が暴力を振るわれたことで、頭に血が上ってしまいました」

若い母親は夕月逢子という名前で、恐縮した様子で静句に謝ってきた。

「お子さんを守るのは当然のことですよ」

夕月逢子は隣の市から最近引っ越してきたらしい。落ち着いた時の逢子は少女のように無垢《むく》な雰囲気で、激昂していた際とは別人のようだった。

何度も頭を下げてから、夕月親子は手を繋いで公園を去っていった。静句が二人の背中を眺めると、真夏の太陽を受けた黒髪が光を反射させた。アブラゼミのジージーという鳴き声が重なり合いながら響いていた。

非番の日、午前中を洗濯と部屋の掃除に当てた。昼過ぎに一段落し、外食することにした静句はTシャツとコットンパンツというラフな格好で外出した。

湿度も気温も高く、空気が肌に纏わりついた。顔馴染みの店でカツ丼を食べた後、帰路をゆっくり歩いていく。日頃の巡回の成果か、私服でも何度か声をかけてもらえた。

スーパーマーケットで夕飯の食材を買った帰りに、静句は公園を横切った。親子連れがゴムボールで遊んでいて、子供たちが水鉄砲を撃ち合っている。

歩いている途中で、見覚えのある人影をベンチで発見した。胸元まである黒髪は、遠くからでも目立っている。静句は近づいていき、中腰になって声をかけた。

「こんにちは。お母さんは一緒じゃないの？」

麦わら帽子をかぶっていて、黒髪は相変わらず美しい光沢を帯びていた。茶色いノースリーブのワンピース姿で、下に白色の長袖Tシャツを重ねている。静句の問いかけにわずかに顔を上げるが、すぐに顔を背けてしまう。一瞬向けられた瞳には拒絶の意志が込められていた。

無視されてしまったが、静句は木陰のベンチに並んで腰かけた。

静句は改めて隣の人物を観察する。ニュースは連日三十度越えの高気温を報じているのに、なぜか今日も長袖だ。首筋は骨張っていて、スカートから伸びる足はひどく細い。

「今日も暑いね」

やはり返事はなかった。

空には入道雲が浮かび、遠くの景色が熱で揺らいでいた。静句は立ち上がり、一旦公園を出ることにした。自動販売機で缶ジュースを二本購入し、再びベンチに戻る。

「どっちがいい？」

右手にコーラ、左手にオレンジジュースを持って差し出す。ジュースに反応したのか、伏せられていた瞳が大きく開いた。視線が左に向いたのを見逃さず、静句はオレンジジュースを前に出した。缶の表面で水が結露し、水滴になって地面に落ちた。

「……ありがとうございます」

「どういたしまして」

思い返すと、声を聞いたのはこれが初めてだった。かすれた声に、夏風邪を心配してしまう。おずおずとした様子で伸ばした手に、静句はオレンジジュースを渡した。するとプルタブを開けてすぐ、缶を傾けて喉を鳴らしはじめた。飲み口から唇を離す時、ふいに表情が緩まった。柔らかな笑顔は年相応にあどけなかった。

静句は再びベンチの隣に腰かけた。

「そういえば、まだ名前を聞いていなかったね」

「……言いたくない」

心を許してくれたかと思ったが、ガードは堅いらしい。

静句もコーラに口をつけると、炭酸が喉を刺激した。日焼けした中学生くらいの女の子が三人、芝生でフリスビーを投げ合っている。おかしな方向に投げるたびに、お腹を抱えて笑い合っていた。

「引っ越したばかりなんだよね。一学期の終業式が終わってから転校したの？」

「……うん」

うなずくまで時間がかかったが、反応があるだけ進歩したと思うことにした。

「今は小学二年生くらいかな。転校だと、友達と離ればなれになっちゃうよね。よかったら、私と友達にならない？」

地面に、アルミ缶が落下する音がした。

転がる缶の飲み口から中身がこぼれる。慌てて顔を横に向けると、限界まで見開いた瞳と目が合った。睫毛が小刻みに揺れ、小さな唇が震えている。

「ごめん。変なこと言っちゃったかな」

「お願い。私とお母さんに関わらないで」

「えっ」

立ち上がったかと思うと、急に走り出してしまう。黒色の髪をなびかせ、声をかける暇もなく去っていった。

ふいに、蟬の大合唱が耳に飛び込んできた。他のことに集中していると雑音は消えるらしい。視線を落とすと、こぼれたオレンジジュースに蟻《あり》が群がりはじめていた。

現在　――理恵　2

露と一緒に遊んでいるはずの蓮花と連絡を取るため、麻野は店舗上階の自宅からスマートフォンを取ってきた。蓮花に直接繫がる連絡先はわからないが、麻野は蓮花の父親の携帯電話番号を知っていた。五月に蓮花の誕生会をした際に、麻野が露の送り迎えをしたことで知り合いになったらしい。

蓮花の父は麻野と同じくシングルファーザーで、育児の悩みで意気投合し連絡先を交換したそうだ。小学五年生の娘を持つ男親なら、きっと気苦労は多いだろう。

麻野は蓮花の父から、娘に児童用の携帯電話を持たせていると聞いていた。また、蓮花の母親については「いない」と教えられていた。

蓮花はぽっちゃり体型で背丈が露より低く、髪はおさげにしているそうだ。引っ込み思案で気弱な性格のため、学校でよく泣いてしまうらしい。そして涙を流すたびに露が慰めているという。理恵は蓮花が近くにいたか思い出そうとするが、露たちに集中していたせいでわからなかった。

麻野からの着信に蓮花の父はすぐに応答してくれた。蓮花の所在を確認すると、露と一緒に図書館へ行くと聞いていたことが判明した。露が麻野に話していた内容と同じだった。

「露に急用があるのです」

麻野はそう説明し、蓮花に連絡を取ってもらうよう頼んだ。蓮花の父が快諾したので、麻野は一旦通話を切って折り返しの電話を待つことになった。

三分後に連絡が入るが、コール音はするものの蓮花は電話に出ないらしかった。以前にもバッグに入れたまま、着信に気づかないことがあったそうだ。蓮花の父は、引き続き電話をかけてみると麻野に話した。蓮花と連絡がついたら、露に自宅へ電話をするよう伝えると約束してくれた。

「よろしくお願いします。今後は露にも連絡手段を持たせたほうがよいかもしれません。参考までに聞きたいのですが、蓮花ちゃんの携帯電話はどこのメーカーですか？」

蓮花の父と雑談を交わしてから、麻野は通話を終わらせた。スマートフォンを耳から離した麻野は、額に汗をかいていた。常に冷静な麻野でも、愛娘のことになると平常心を保てなくなるらしい。麻野はスマートフォンを操作し、画面を理恵に示した。

「露が使用していた携帯電話はこれでしたか？」

「そうです。間違いありません」

ディスプレイに子供向けの携帯電話が表示されていた。丸みを帯びたデザインで、女の子向けらしいピンク色は理恵の記憶と同じだった。麻野がエプロンを外した。

「露を探しに行きます。一緒に来ていただいてもよろしいですか？」

「もちろんです」

理恵は力強くうなずいた。念のため慎哉は店で待機することになり、麻野に続いて理恵も店を出た。来店前より気温は上昇していて、汗が一気に噴き出した。麻野が大通りでタクシーを拾う。距離は二キロほどだが、タクシーが最も早いはずだ。二人は後部座席に乗り込む。理恵が玩具店の名前を告げると、運転手がアクセルを踏みはじめた。

車内はエアコンが効いていて、かすかに新車の匂いが漂っていた。

「露はぬいぐるみを渡され、拒否していたのですね？」

理恵がうなずくと、麻野は眉間にしわを寄せた。

「最近露はそのキャラクターのグッズを集めています。お小遣いが足りず、ぬいぐるみが買えないと不機嫌になっていました」

親密な間柄なら買ってもらえばいいのだから、露はあの女性とそれ程親しくないのかもしれない。

赤信号でタクシーが停まる。人通りの多い交差点で、青になるまでの時間を長く感じた。麻野は口元に手を当て思考に没頭している。車窓の外では横断歩道を歩く人々が肩をぶつけても、謝りもせずにすれ違っていた。

聞いていいことなのか、迷っていることがあった。理恵は目を閉じて、つばを飲んだ。

「あの、夕月逢子さんとは誰なのでしょうか」

「……すみません。忘れてください。取り乱して口に出しただけで、今回の件とは関係ありませんので」

麻野が気まずそうな表情で答え、理恵は目を伏せた。もうひとつ、どうしても知りたいことがあった。

「……奥さんは、どうして亡くなられたのですか？」

今、聞く必要のない質問かもしれない。本来は露を最優先に心配するべきだ。だけど理恵は訊ねずにはいられなかった。

「交通事故です」

信号が変わり、タクシーが動き出した。

麻野の妻、静句は警察官だったらしい。市民のために、毎日忙しく奔走していたそうだ。

「居眠り運転をしていたトラックの運転ミスに巻き込まれたのです」

ある遅番明けの朝、家に帰る途中の出来事だったそうだ。

「事故後の検証では、とっさに回避行動を取れば助かった可能性もあったそうです。でもタイヤ痕には妻が反応した痕跡が見られませんでした。オーバーワークが原因かもしれませんが、今となっては誰にもわかりません」

麻野は記事を読み上げるみたいに、感情を込めずに言った。それが一層、胸の裡《うち》を表しているように思えた。

ふいに、ある想像が理恵の脳裏に浮かんだ。

指輪の盗難事件があった時、麻野は『身寄りのない状況は本当にきつい』と口にしていた。それは養子として親戚に引き取られ、苦労した由梨乃の境遇を想って出た言葉だった。その際に理恵は、麻野の近くに由梨乃と近い境遇の人物がいるのではと考えた。

もしかしたら、露がその人物なのだろうか。

つまり露は麻野の実子ではなく養子なのだ。露は纏う雰囲気こそ麻野にそっくりだが、顔立ちはそれ程似ていない。

だがその場合、静句が実母になるのだろうか。それとも実母は生きていて、現在一緒に行動しているのだろうか。

そこまで考え、理恵は頭を何度も振った。ただの想像で、根拠はひとつもないのだ。

「着きましたよ」

運転手から声をかけられ外に目を遣ると、車は玩具店の前に停まっていた。麻野が料金を払い、二人は下車する。理恵は店舗ビルを指さした。

「露ちゃんは二階の窓際で通話をしながら、地上を見下ろしていました」

麻野が周囲を探しはじめ、視線が向かいのコンビニエンスストアに止まった。

「入り口横に公衆電話がありますね」

「本当だ」

「電話の相手を見ながら話をしたのではないでしょうか。そうなると、通話の相手は蓮花ちゃんの可能性が高いでしょう」

露の携帯電話はおそらく蓮花の持ち物だ。そうなると、蓮花は他の携帯電話か公衆電話を使用する他ないはずだ。

「二人が歩いていった先はわかりますか？」

「あっちです」

理恵は駅とは逆の方角を指さした。多数の路面店が並ぶ商業エリアが続いていて、土曜の昼過ぎの繁華街はたくさんの通行人でごった返していた。

「実は、露と蓮花ちゃんには共通して食べられない物があります」

露は電話口で『がんばって食べるから』と話していた。

誕生会でのプレゼントを用意する際に、露は蓮花と幼稚園で一緒だった子からキウイが禁止だと教えられた。蓮花は幼少時から重度のキウイアレルギーで、給食でもキウイが出る日は特別メニューが用意されているそうなのだ。

麻野の説明によれば、キウイアレルギーを持っている人は多いらしい。喉や舌が痒《かゆ》くなる軽度のものから、患部の腫れや蕁麻疹《じんましん》、呼吸困難など危険な症状が出る場合もあるという。

露の場合アレルギーはないが、唯一キウイだけが食べ物の中で嫌いなのだそうだ。露がわざわざ〝がんばって食べる〟と宣言する食品はキウイに限られる。

「ただ、この近辺にキウイを出す店が何軒あるか……」

「おそらく麻野さんが心配している程、多くありませんよ」

理恵は地図を頭に浮かべ、昼の時間にキウイを出す店舗を思い出していった。

「わかるのですか？」

「当然です」

目の前に伸びる繁華街は、理恵が編集するクーポン雑誌の担当エリア内だ。どの店にも必ず一度は、広告の交渉のために飛び込んだことがある。記事を作る場合は実際に商品を試すし、メニュー表を確認しながら打ち合わせを重ねることも業務の一環だ。

「ついてきてください」

効率の良い店の巡り方を頭の中で整理してから、理恵は迷わず走り出した。背後から麻野が追いかけてきてくれる。最初の目的地は三十秒も走れば到着する。露の身に何もなければいい。走りながら理恵は心からそう願った。

過去　――静句　2

夕月逢子とは街でよく顔を合わせた。互いに気づくと挨拶をし、立ち話もした。その流れで、何度か悩み相談を受けることもあった。

「この前の男の子が、またちょっかいを出してきたんです」

好きな女の子に意地悪をするのは男児の習性だ。愁《うれ》いを湛《たた》えた眼差しにすっと通った鼻筋、ふっくらとした唇を持つ夕月の子供は、将来美人になることを予感させる容《よう》貌《ぼう》だった。

「綺麗なお嬢さんですから」

静句の言葉に、夕月は眉間にしわを寄せた。子供のことになると夕月の態度は一変する。

「あの子は私が守らないといけないんです」

思い詰めた表情に、静句は一抹の不安を感じる。子供を過剰に愛する親が、周囲とのトラブルを起こしやすいのも事実だった。

「そういえばまだ、お子さんの名前をうかがっていませんでしたね」

静句が訊ねると、夕月は快く教えてくれた。とても美しい響きで、静句は素直にいい名前だと思った。そのままを感想として伝えると、夕月は嬉しそうに目尻を下げた。

その後、静句は勤務中に夕月親子の姿を探すようになった。だが初対面の時のようなトラブルはなく、親子はいつも仲睦まじく手を繋いでいた。

八月半ば、男性が集団で暴行を受けていると通報を受け、静句は橋の下の河川敷に駆けつけた。加害者側はすでに逃走していて、草むらに内藤が仰向けに倒れていた。

「またあなたですか」

静句に気づくと、内藤は立ち上がって胡散《うさん》臭い笑みを向けてきた。

「静句ちゃんに会えるなら喧嘩もいいかもな。でも今回もあっちから絡んできたんだぜ」

関節を伸ばしてから、身体についた砂や枯れ葉を払う。動作は淀みなく、大きな怪我がないことが伝わってきた。

「どうせまた女性トラブルでしょう」

「誤解だって。あいつらの誰かの妹が、勝手に俺に本気になったせいなんだよ。こっちはちゃんと別れたつもりだったのにさ」

静句はため息をつく。なぜこんな軽薄な男に騙される女性が後を絶たないのだ。

「実家に迷惑がかかりますよ」

内藤の家系は一等地に無数の土地を受け継ぐ地主だった。複数のビルやマンションを所有し、一族からは議員や官僚、会社経営者など有力者を多く輩出していた。しかも内藤の生家は本家筋に当たるらしい。

常ににやけている内藤の表情が、はじめて苦いものに変わった。

「俺は実家と関係ないよ。そうだ。俺を婿にもらってよ。内藤姓は嫌いだから、婿養子に入るよ。麻野って苗字も悪くないな」

「本物の馬鹿だ……」

年上相手なのに敬語を忘れてしまう。冗談でプロポーズなんて脳の神経が千切れているに違いない。それに当然、正式に申し込まれても相手にするつもりはない。

「えー、俺は本気だぜ。子供は女の子が欲しいな」

「あんたは好みじゃないから無理」

「どんなのがタイプなんだよ」

静句は少し考え、正直に答えた。

誠実かつ聡明で、落ち着きがあって思慮深い。笑顔を絶やさず、清潔感のある雰囲気。厳しい一面もあり、他人を思いやれる優しさがある。

「あとは真面目に働いていること。つまりあなたとは正反対ね」

「俺がそんな風になれたら、結婚してくれる？」

「あと、女性関係が奔放なのは生理的に無理だわ。私だけを見てくれる人じゃないと」

そう言うと、内藤は絶望的な表情になった。その顔があまりにおかしくて、静句は笑いが止まらなくなった。

非番の日の昼、静句は冷蔵庫にほとんど何も入っていないことに気づいた。自炊が面倒なため、お弁当で済ませることにした。最近の食生活は健全とは言い難く、心なしか肌も荒れ、体重も増えている気がした。

静句はスーパーマーケットへ向かうため、簡単に化粧をしてから外出した。厚い雲のおかげで過ごしやすかったが、予報では台風が近づいているらしかった。

「あれ、あの子は……」

公園の前を通りかかると、見知った黒髪が目に入る。水道の前にしゃがみ、口を上にして水をがぶ飲みしていた。

服装は無地のTシャツとロングスカートで、今日も長袖だった。背後から近づき、声をかける。怯えるように振り向いた姿に、静句は息を呑《の》んだ。以前より頬がこけており、瞳が虚ろだった。髪の毛からも艶が失われているような気がした。

「こんにちは」

静句が隣にしゃがみ込むが、相変わらず返事はなかった。

「この前、お母さんに名前を聞いたよ。日向子《ひなこ》ちゃんって言うんだね」

静句が名前を呼んだ瞬間、なぜか表情を凍りつかせる。そして突然、公園の出入口に駆け出してしまう。覚束ない足取りが心配で見守っていると、急に足を止めて倒れ込んだ。

慌てて走り寄って抱き起こすと、あまりの体重の軽さに静句は息を呑む。

「大丈夫？」

発汗に異常はなかったが、体温が上がっていた。熱中症かもしれない。もう一度呼びかけようとすると、聞き慣れた音がした。それは空腹を告げる腹の虫の鳴き声だった。

水を大量に飲んでいたのは喉の渇きのせいではなく、空腹を紛らわせるためだったのだろうか。静句は仕方なく、自分のアパートに連れて行くことにした。嫌がる素振りを見せるが、放置するわけにいかない。

背負って連れて行くと、揺れが心地よかったのか途中で寝息が聞こえてきた。

部屋に着いてすぐ、冷房のスイッチを入れる。洗ったばかりのシーツをベッドに敷き、熱を帯びた体を横たえる。ハンドタオルを水で濡らし、絞ってから額の汗を拭こうとした。

「触らないで！」

静句は伸ばした手を払われた。フローリングの床に、濡れタオルが落ちる。いつの間にか目を覚ましていたらしい。怯えた目つきで睨んできて、タオルケットを自分の体に巻きつけた。

「……服、脱がした？」

声はやはり、喉を痛めたみたいにしゃがれていた。

「脱がしてないよ」

静句はなるべく優しく答える。数年前に女子児童を狙った犯罪がマスコミを賑わせた。そのせいで夕月から警戒するよう釘を刺されているのかもしれない。

「帰らなくちゃ」

慌てて起き上がろうとするが、足に力が入らないらしく膝から崩れ落ちた。

「無理しないで、もう少し休んでなさい」

返事はなかったが、さすがに体調が悪かったようだ。タオルケットにくるまり、横になってくれた。背中を向けたのを見届け、静句はキッチンに移動した。

冷蔵庫を漁るが、使いかけの野菜とベーコンしか入っていなかった。仕方ないので、静句得意の手抜き料理を作ることにした。

ナスやピーマン、人参、玉ねぎ、ベーコンを細かく刻み、サラダ油で炒めてから水を投入する。沸騰してから灰汁《あく》をすくい、ブイヨンのキューブを加える。味見をしてから塩胡椒で味を整えれば完成だ。野菜不足の際に静句がよく作る特製の野菜スープだった。

リビングを覗き込むと小さな寝息が聞こえてきた。しばらく眺めていたら目を覚ましたので、静句は深皿にスープをよそってテーブルまで運んだ。

「はい、どうぞ」

ブイヨンの匂いが部屋に充ちるが、一向に手をつけようとしない。静句は焦らずに待つことにした。自分の分を汁椀に注ぎ、ベッドの近くに座ってスープを口にする。

「うん、よく出来た」

我ながらわざとらしかった。実際は不味くもないけど、特別に美味しいわけでもない。ピーマンの苦味が強くて、塩も効き過ぎているような気がした。

だが静句に触発されたのか、喉を鳴らす音が聞こえた。慎重にスプーンを掴み、野菜スープをすくう。静句が息を呑む中、ゆっくりと口に含んだ。

喉を動かした瞬間、瞳から涙が一粒こぼれた。

「えっ」

静句の驚きをよそに、何度もスープを口に運んでいく。半分ほど食べたところでスプーンを持つ手を止めた。

「どうしたの？」

「……わかんない」

静句の問いかけに、何度も首を横に振る。

「昔食べた朝ごはんを思い出したの。味は全然違うけど、なぜかおんなじで……」

涙が溢れ出すのを、必死に堪《こら》えているようだった。

「……お母さんは仕事が忙しくて、お昼と夜は一緒にいられなかった。でも朝ごはんだけはみんな揃ってた。お母さんと私と、そして。そして……」

うつむいたことで髪が顔を覆い、表情を隠してしまう。そして、に続くのは父親だろうか。黙り込んだまま、小さな肩が震えていた。

警察官としての短い経験のなかで、非行に走る少年少女と出会ってきた。その大半が家庭環境に原因があり、実の親から暴力を受けている子も珍しくなかった。

また、暴力以外にも虐待の形態は存在する。例えば教育を受けさせない、不潔なまま放置する、充分な食事を与えないなども育児放棄という虐待行為だ。

そんなことを考えはじめた途端、静句は洋服への反応が気になりはじめた。衣服の下に虐待の証拠があり、隠そうとしたのだろうか。

「日向子ちゃん、ごはんはきちんと食べさせてもらってる？」

直後に金属音が響いた。スプーンがテーブルに叩きつけられた音で、静句は自分の不用意な発言を後悔する。

「……もう二度と、私たちに近づかないで」

瞳が再び警戒の色で充たされる。もっと慎重に話を進めるべきだった。だが静句が謝罪の言葉を口に出す前に、立ち上がって部屋を出て行ってしまう。

引き止めるべきか悩んだせいで、足が動いてくれなかった。静句は背中を目で追いかけながら、体調が回復していることに安堵していた。後には食べかけのスープが残され、エアコンの作動音が空しく部屋に響いていた。

警察署内の休憩室で、静句はテーブルに突っ伏していた。質素な部屋に、机とパイプ椅子が並んでいる。女性警察官たちが集まって柔道の稽古をする日で、投げられ続けたせいで疲労が限界に達していた。受け身に失敗し、畳でこすった額が赤くなっていた。

「集中出来ていなかったわよ」

声をかけてきたのは静句の志望する生活安全課の女性刑事で、高校時代に柔道の全国大会に出場した猛者だった。

「すみません」

静句の自宅でスープを振る舞ったのは先週の出来事だが、あの日以来仕事に身が入らなかった。

隣の椅子に、噂が好きな地域課の先輩が座った。

「恋の悩み？　内藤って奴から猛アタックを受けているらしいね」

「何でそんなこと知ってんすか！」

地域課の先輩の目つきは、恋愛話への期待に充ちていた。バッグから次々とスナック菓子を出してきて、質素な机が急に華やかになる。

「普段は悪ぶっていて軽そうな奴のほうが意外と純粋なのよ。実家も資産家だし、後々化けるかもしれないわ」

内藤は一族に警察官僚がいるそうで、署内でも有名らしかった。トラブルを圧力で揉み消したという噂もあり、署内の女性警官も大勢が口説かれたことがあるという。

「お気に召したのなら先輩にご紹介しますよ」

運動後の舌が塩辛さを求めていて、静句はポテトチップスの袋を開けて一枚つまんだ。二人の話を聞いていた生活安全課の先輩が、心配そうに訊ねてきた。

「悩みでもあるの？」

「実はそうなんです。とある親子のことなんですが」

地域課の先輩は無視して、生活安全課の先輩に相談することにした。

静句は夕月親子について説明したが、先輩の反応は芳しくなかった。

「確かに気になるけど、緊急の事態に繋がるかは疑問ね」

「ですよね」

警察の仕事は問題が発生してからが本番だ。何となく怪しいだけでは動くことは難しかった。

「ねえ、麻野さん。本当にその女性の名前は夕月逢子なの？」

突然、地域課の先輩が話に入ってきた。静句がうなずくと、先輩は首をひねった。

「夕月さんが女の子と一緒に住んでるっていうのは変よ。夕月さんは二年前に娘さんを亡くしているはずよ。苗字も名前も珍しいから、間違いないと思う」

「えっ」

地域課の先輩は二年前まで、管内の外れにある警察署に勤務していた。そしてその際に、とある不幸な事故を担当したらしい。女の子が川の氾濫に巻き込まれて死亡したのだが、その少女の母親の名前が夕月逢子だったというのだ。

「生前の写真を見たけど、将来美人になりそうな愛らしい子だった。長い黒髪が綺麗だったな。日向子ちゃん、本当に気の毒だったわ」

背筋に寒気を覚え、静句は言葉を失う。暗く沈んだあの子の瞳が、背後からじっと見つめているような気がした。

現在——理恵　3

一件目は洋食屋で、夏場はランチに口直しとしてニュージーランド産のキウイを出していた。店員に確認したが露らしき二人組は来店していなかった。二件目はジュースバーで、キウイのフレッシュジュースを販売していた。奥のイートインスペースで休憩出来るが、こちらも外れだった。

冷たい風を感じて、理恵は空を見上げた。黒ずんだ雲が遠くから近づいている。ゲリラ豪雨が襲ってくるかもしれない。

三軒目は雑居ビルの一階にあるカフェで、フルーツたっぷりのニューヨークスタイルのパンケーキが人気の店だった。クーポン雑誌にも広告記事を掲載してもらっていた。

店長はよく日焼けをした三十代半ばの女性で、はきはきした喋り方が印象的だった。

「そんな感じの親子連れなら、十分くらい前に店を出たよ」

「本当ですか」

ロングヘアで小学校高学年くらいの、お人形さんみたいな女の子という特徴から、露で間違いないと思われた。今すぐ店を出て探すか迷ったが、麻野は店長に質問をはじめた。

「二人はどんな様子でしたか?」

店長の表情が翳《かげ》る。

「お客さんの情報を晒すのはちょっと……」

店長が躊躇《ちゅうちょ》するのは当然だ。客商売である以上、無闇にプライバシーを広めるのは評判に関わる。同業者である麻野も、それ以上追求出来ないようだった。

「無理を承知でお願いします。緊急事態かもしれないんです」

理恵は必死に頭を下げた。露には出会ってから、何度も優しくしてもらった。体調が悪い時にも手を差し伸べてくれた。もし危ない目に遭っているのなら、すぐに助けたかった。

不器用な理恵は、仕事ではいつも真正面からぶつかるしかなかった。だから今回も同じことしか出来ない。店長は驚いた様子を見せた後、苦笑いを浮かべた。

「そこまでされたら仕方ないわ。理恵さんがそこまで言うんだから、よっぽどの事情なんでしょう。いつもお世話になってるし、信用してるからね」

胸の奥がじんとして、思わず涙が出そうになる。がむしゃらに仕事に取り組んできた日々が少しだけ報われた気がした。

店長は、露たちの店内の様子を教えてくれた。露たち二人はキッチンの近くに座ったため、会話はよく聞こえたそうだ。まず、母親はハンバーガー、女の子はパンケーキを食べていたらしい。

「パンケーキにはキウイが使われていましたよね」

理恵の質問に、店長がうなずいた。名物のパンケーキには数種類のフレッシュフルーツが盛りつけられていて、見た目にも華やかだった。記事作成のために何度か写真撮影をしたことがある。店長がいうには、露は満足そうに平らげたそうだ。

「食事が終わってすぐに、女の子が電話をかけたの」

ディスプレイには蓮花の父からの着信が表示されているはずだ。つまり露は着信を無視していることになる。

露は一旦外に出て、店の迷惑にならないよう会話をしていたらしい。戻るとバッグから小さな袋を取り出し、向かいに座る女性に渡したそうだ。

「ちゃんとは見てないけど、青色のカードだったな」

その後、露たちは誕生日の話をはじめたらしい。母親らしき女性が口にした日付に対し、露は笑顔でうなずいたそうだ。ただ店長は、何日かまでは覚えていなかった。

最後に店長は、ある出来事を記憶していた。

母親らしき女性が店を出た拍子に、露と同年代くらいの女の子とぶつかったのだ。尻もちをついた少女に、母親らしき女性が注意をした。その口調が乱暴で、店長は嫌な気持ちになったそうだ。

店長が知っている情報はこれで全てだった。礼を述べてから麻野と一緒に店を出ると、雨の匂いが濃くなっていた。

理恵は麻野から、ある都市銀行の場所を質問された。受け渡していたカードをキャッシュカードだと考えたのだろう。青色は大手都市銀行のイメージカラーで、理恵は徒歩五分の場所に支店があると伝えた。

「急いだほうがいいかもしれません」

深刻な口調の麻野は、すでに真相に気づいている様子だった。理恵たちは行き交う歩行者を縫うように駆けた。遠くで雷の音が聞こえたかと思うと、大粒の雨が降り出した。数秒で地面を濡らすが、二人は構わず走り続けた。

「ありました」

理恵たちは銀行に到着したが、自動ドアが開く時間さえもどかしく感じた。店内に飛び込むと、ATMの前のスペースで、三十代の女性が長い黒髪の少女に詰め寄っていた。怒鳴り声を上げ、今にも少女に摑みかかろうとしている。

「露ちゃん！」

とっさに露の元へ向かおうとすると、麻野が理恵の前に飛び出した。その進む先に理恵は自らの目を疑った。麻野は露ではなく、怒鳴っている女性の背後へ駆け出していったのだ。

影になって気がつかなかったが、女性の背後に一人の少女がいた。ボールペンを握りしめ、女性の背中に向けて腕を振り上げている。

「危ない！」

少女が勢いよく腕を下ろすのと同時に、女性との間に麻野が割って入った。理恵は思わず目を逸らしたが、顔を戻すと麻野が間一髪で少女の腕を摑んでいた。

少女が膝をつき、ボールペンが床に転がる。銀行の記載台に備えつけられたボールペンだった。少女は露と同年代で、ふっくらした体型をしている。話に聞いていた蓮花の特徴と同じで、麻野は少女の背中にそっと腕を回した。

「あんたら何者よ！」

女性は突然の闖入者《ちんにゅうしゃ》に戸惑っていたが、すぐにわめきはじめた。すると正面にいた露が、女性にいきなり平手打ちをした。

「あんたまで何をするのよ、蓮花！」

なぜか女性は、露に対して蓮花と叫んだ。理恵は目まぐるしく変化する状況に全く付いていけない。

そこに、遠巻きに様子をうかがっていた警備員が近づいてきた。これ以上事態をややこしくしないほうがよいと考え、理恵は警備員に立ちふさがった。

「お願いします。少しだけ待ってもらえますか」

戸惑う警備員を強引に足止めしつつ、理恵は麻野たちに視線を戻した。

麻野が露の腕を引き、自分の隣に立たせた。それから麻野は女性に対し頭を下げ、露にも同じように頭を押さえてお辞儀をさせていた。

「娘の露が失礼をしました。申し訳ありません」

「あんた、何をいってるの。それは私の娘よ」

女性は苛立った様子で口からつばを飛ばした。すると麻野が頭を上げ、女性を見据えた。

「あなたの企みはわかっています」

麻野の顔つきが一変する。鋭い視線に射抜かれ、女性の表情に怯えが浮かんだ。

「はあ？　企みって何のことよ」

「警察を呼ばれたくなければ、カードを渡してこの場から消えていただけますか」

麻野が手のひらを差し出す。怒りに充ちた眼光は、理恵でさえ怖いと感じるほどだった。

警察という言葉に恐れをなしたのか、女性は青色のキャッシュカードを地面に叩きつけた。憤慨した様子で出入り口に向かっていく。自動ドアが開くと外は大雨で、女性は傘立てのビニール傘を一本、乱暴に摑んで去っていった。

騒動は一段落したようだ。麻野は行員や警備員、客たちに謝罪し、慎哉に電話をして迎えに来てもらうことにした。その間、少女と露は手を繋いだまま一言も喋らなかった。しばらくして慎哉の運転するセダンが銀行の前に到着した。

「一緒に行こう。蓮花ちゃん」

麻野が少女に声をかける。やはりこの子が渡辺蓮花だったのだ。

銀行から外に出ると雨は止んでいて、街はほこりっぽい匂いに包まれていた。麻野はまず、蓮花と露を後部座席に座らせた。続いて理恵も乗り込もうとすると、麻野に声をかけられた。

「ご迷惑をおかけして申し訳ありません。後ほど必ず、全て説明します」

理恵はうなずき、後部座席に乗り込んだ。麻野が助手席に座り、慎哉は車を発進させる。車内では沈んだ表情の蓮花の手を、露がぎゅっと握りしめていた。理恵が窓越しに空を見上げると、雲間から光が射し込んでいた。

過去　――静句　3

夕月と出会った翌週に、こんなことがあった。

自転車で巡回中、静句は小さなアパートの前を通過した。昼間でも日陰になり、柱には錆が浮いていた。その時突然、夕月がアパートから道路に飛び出してきた。どうやらそこは夕月の住まいらしかった。驚いた静句が呼びかけると、夕月が大声で叫んだ。

「あの子がいないの！」

夕月の目は血走っていて、尋常な様子ではなかった。静句が慌てて詳しい状況を訊ねようとすると、部屋の中から「私ならここにいるよ」というかすれた声が聞こえてきた。

「ああ、いったいどこにいたの」

静句が顔を向けるとアパートの一室のドアが開いていて、小さな人影が佇んでいた。長袖の黒髪を見た瞬間に、夕月の表情は穏やかなものに変わった。

「驚かせないで。私には日向子しかいないのだから」

夕月が部屋に戻るのを、静句は黙って見ているしかなかった。

地域課の先輩曰く、似たような奇行は引っ越し以前にもあったらしい。娘が亡くなった直後に、街を彷徨《さまよ》う姿が何度も目撃されたそうだ。引っ越しも地元で近隣住人と揉めたのが原因らしかった。

夕月逢子は何かがおかしい。そう感じた静句は児童相談所に調査を依頼した。

しかし翌週には異常なしという報告が届き、納得出来ない静句は相談所に乗り込んだ。担当者は四十代の女性で、にこやかな笑顔で静句を出迎えてくれた。

「近所からの通報もありませんし、お母さまは日向子ちゃんを愛されているご様子でした。おそらく麻野さんの勘違いかと……」

そこで静句は、公園での出来事や空腹で倒れたことを説明する。話し終えると、担当者は重々しくため息をついた。

「お腹が空いていただけでは？　片親ですから経済的に厳しいのでしょう。最近の女の子はマセていますから、ダイエットの可能性もありますよ」

担当者の人の良い笑顔が静句を苛立たせる。話すつもりはなかったが、静句は思わず口にしていた。

「実は、夕月さんの娘さんは、すでに亡くなっているんです」

そう訴えると、担当者の表情が固まった。その後、話し合いは全く進展しなかった。

静句は児童相談所を後にするが、担当者の言い分も理解出来た。夕月親子は仲睦まじく、虐待の証拠も存在しない。親子の絆に泥を塗るだけかと考えると、急に何も出来なくなった。

結局それ以上の行動は起こさず、静句は日々の業務をこなしていった。

夕月親子に会わないまま二週間が経過した。そんな折り、内藤から居酒屋に誘われた。普段なら二人きりの飲みなんて絶対に断るが、何を血迷ったのか誘いに乗ってしまった。

駅前にある小綺麗な洋風居酒屋で、客はカップルばかりだった。奢《おご》りらしいのでテーブルを埋めつくす料理と烏龍茶を注文した。

アルコールを飲んでいないはずなのに、気がつくと静句は酔っ払い客のように愚痴をこぼしていた。内藤は聞き上手で、どんな話にも真剣に耳を傾けてくれた。話が途切れると、今度は内藤から質問された。

「静句ちゃんって仕事熱心だよね。どうして警察官なんかやってるの？」

「……多分、幼馴染みと関係しているのだと思う」

手にしたグラスを置き、静句は黙り込んだ。ほとんど誰にも打ち明けなかった心の裡を、内藤にならば伝えてもいい気がしてきた。

それは幼稚園からの幼馴染み・沙良《さら》との記憶だ。

幼馴染みは両親と、二つ下の弟との四人家族だった。幼馴染みの弟は幼い頃から病弱で、入退院を繰り返していた。父親は治療費を稼ぐため必死に働き、母親は弟の世話に追われていた。

「その子は忙しい家族を助けて、しかも友達にも優しい子だった」

沙良は家事を手伝い、弟の世話も協力していた。家計の苦しさを知っていたため、洋服や玩具をねだることもなかった。学校では困った友達がいると解決に奔走し、悩み相談にも乗っていた。

沙良はまるで呼吸するのと同じ風《ふう》に人を助けていた。沙良みたいになりたいと、静句はずっと憧れていた。

「でもある日、沙良ちゃんの心は限界を超えちゃったんだ」

高校二年の冬、沙良はふいに姿を消した。捜索願も出されたが、未だに見つかっていない。失踪の理由は家族や親戚、友人たちの誰にもわからなかった。

「でも私は、あの子の苦しみを知っていたの」

沙良はずっと放置されてきた。

やりたいことがあっても、初めから選ぶ権利を与えられていなかった。風邪で寝込んだ際にも微熱の弟が優先され、沙良は食事や着替えを自分で済ませた。少しでもミスをすると、『弟はこんなに苦しんでいるのに』『私たちにこれ以上、苦労をかけないで』と親から苦情を言われた。

沙良が労《ねぎら》いの言葉をかけられたことは、おそらく一度もなかったはずだ。

その状況は、沙良が物心ついた時からはじまっていた。

静句は沙良と幼稚園で出会った。新しい友達が嬉しくて、静句は沙良に手を伸ばした。しかし沙良は静句の手のひらを、不思議そうに眺めただけだった。

数年経って、静句は沙良の反応の真実を知ることになる。

沙良の両親は弟ばかり気にかけていた。そのせいで沙良は、手を繋いでもらったことがなかったのだ。だから伸ばした手に、自分の手を重ねることが出来なかった。

沙良の両親は娘のことを、良い子だと言った。そして娘が消えた理由について心当たりがないと言い切った。

失踪する少し前に、静句は沙良から相談を受けた。弟が回復してきて、自分の助けが必要なくなってきた。そうしたら、自分の居場所がないことに気づいたと。

「これから何をすれば、家族の役に立てるのだろう、どうすればお父さんとお母さんは、私を見てくれるんだろう。沙良ちゃんはそう言ってたんだ」

沙良は親切で人を助けていたわけではなかった。両親と関わるためには、弟の世話を手伝うしかなかった。友達とも、助ける以外の関係を築くことが出来なかった。他人に奉仕する以外の生き方を知らなかっただけなのだ。

静句は自分の両手を見つめた。

「それなのに私は、そんなことないよ、なんて馬鹿みたいな返事しかしなかった。沙良ちゃんの苦しみを、少しも理解しようとしなかった」

誰かが手を繋いでいれば、きっと沙良は消えたりしなかった。沙良が自分に最後に向けた瞳の色を、静句は今でもはっきり思い出せる。

「最低だな！」

内藤が力強くジョッキをテーブルに置き、静句は身を固くさせた。

「子供は絶対に愛されなきゃならない。その親は、姉と弟へ平等に目をかけなくちゃいけなかった」

激昂する内藤を、静句は茫然《ぼうぜん》と見つめる。

「ただ、子供を愛せない親は絶対にいるからな。そこは勘違いしちゃいけない。無償の愛なんて幻想だ。もしそういう馬鹿の元に生まれたら運が悪かったと諦めて、全力で見限って逃げていいんだ。その幼馴染みの行動は正解だよ」

胸のわだかまりを、何度か大人に打ち明けたことがあった。

沙良の親は娘を見てあげるべきだった。責任は親にあるんじゃないか。静句は身近な大人にそう訴えた。

すると幼馴染みの苦しみを理解した態度を取った上で、似たような言葉を返してきた。静句の両親は「親も完璧じゃないから仕方ない」と言い、担任教師は訳知り顔で「残念なことだけど、君も親になればわかるよ」と諭してきた。

静句はその答えに、絶対に納得したくなかった。弱い子供には、親の事情なんて関係ないはずだ。

親のせいで苦しむ子供は世の中にたくさんいる。静句は、そんな子供たちを助けたいと考えるようになった。そして志望した仕事が、最も近い現場で子供と関われる生活安全課の少年係だった。

目の端に浮かんだ涙を、ばれないように指でぬぐう。なぜ自分が夕月親子を気にするのかわかった。暗く沈んだ瞳が、二度と会えないかもしれない幼馴染みと似ていたのだ。

「ありがとう」

心からの感謝を告げる。内藤はいつもと違い、照れたように顔を逸らした。

「お礼なんていいって」

「やるべきことが見つかったよ。貴方はこれまで出会った男性で一番の――」

「いい男？」

「一番の友達だよ」

身を乗り出す内藤に、静句は満面の笑顔で言い放った。内藤は笑っていたが、こめかみが引きつっていた。


静句は生活安全課の先輩に頭を下げ、夕月逢子の調査を依頼した。交番勤務の新米巡査では、調べられる範囲などたかが知れていた。

「仕事の合間にやるから期待しないでね」

そう返事をされたが、静句が非番の日に自宅に電話がかかってきた。先輩が数日で調べ終えてくれたのだ。

夕月逢子は現在二十九歳で、夫とは五年前に離婚していた。別れた原因は不明だが、慰謝料や養育費は支払われていない。両親の反対を押し切って結婚したことで、実家からは縁を切られていた。

夕月は離婚後、昼のアルバイトと夜の水商売で生計を立てていた。しかし二年前に娘が事故で亡くなるという悲劇に見舞われた。

「夕月さんのお子さんについてだけど……」

報告を受けた静句は夕月のアパートへ急いだ。集合ポストで夕月の姓と部屋番号を確認してから、静句はドアを叩いて呼びかけた。

「いらっしゃいますか」

反応はなかった。念のためノブをひねると施錠されていなかった。ドアを引くと台所があり、奥の部屋が襖《ふすま》で仕切られていた。

半分だけ開いた襖の向こうの部屋に、子供が倒れているのが見えた。

ぴくりとも動かないその様子に、静句は悲鳴を上げた。畳の上に長い黒髪が広がっている。無事を祈りながら、靴も脱がずに上がり込んだ。

「どうして、こんなことに」

顔は土気色で、唇はかさかさに乾いていた。充分細かった腕からさらに肉が削《そ》げ、別人かと思う程にやつれている。

首筋に指を当てると脈を打っていて、静句は安堵のため息をついた。部屋にあった固定電話で一一九番に連絡し、静句は救急車を要請した。

診断の結果は極度の栄養失調による貧血で、点滴を打ってから病室に運ばれていた。発見が遅れたら、命に関わる危険もあったそうだ。

夕月とは連絡が取れず、帰宅は深夜だと思われた。書き置きを残してあるので、見つければ病院に来るはずだ。

病院に児童相談所の担当者がやってきた。救急車が到着するまでの時間に連絡をしておいたのだ。医者から説明を受けたのか、担当者の顔に困惑が貼りついていた。

「すみません。状況が把握出来なくて……」

「夕月逢子は、死亡した夕月日向子が生きていると信じ込んでいます。あの親子が極めて危うい状態にあることは、ご理解いただけましたか」

目を見ながら告げると、担当者は青い顔でうなずいた。そして明日の朝一番に、必要な手続きをすると約束してくれた。

病室前の長椅子で待ち続けたが、夜九時を回っても夕月は姿を現さなかった。

その時看護婦が病室から飛び出し、ナースステーションに向けて走っていくのが見えた。騒がしい声が静句の耳に届く。看護婦と目が合うと、泣きそうな表情で近づいてきた。

「すみません。昼間に搬送された子が、病室から消えてしまいました！」

慌てて病室に入ったが、ベッドはもぬけの殻だった。窓が開いていて、カーテンが風で揺れている。病室は一階にあるので窓から逃げ出したのだろう。警察に連絡するよう指示し、静句は病院を飛び出した。

夕月のアパートに到着した時点で、全力で走り続けたせいで心臓が破裂しそうだった。廊下が共用の蛍光灯に照らされている。アパート以外に、行きそうな場所に心当たりはなかった。ふいにドアが開き、部屋から夕月が姿を現した。

「夕月さん……」

「日向子はどこ?」

夕月がぼんやりとした様子でつぶやいた。静句は唇を噛んで、ドアに貼っておいた紙を指さした。

「これを読んでないのですか?」

貼り紙には夕月の子供が病院にいるという伝言が記してあった。しかし夕月は一瞥すると首を横に振った。

「私は日向子を探しているの」

「あなたの娘は、もう亡くなっています」

「何を言っているの?　あの子はちゃんと生きてるわ!」

夕月の叫びがアパートの廊下に響いた。夕月の曇りない眼差しに、静句はもう話が通じないことを悟った。

「ここにいてください。必ず私が連れて帰ります」

心当たりはないが、足を使って探すしかない。息も整わない状態で、静句はアパートを後にした。暗い空には星も月も見えず、静句は街灯の明かりだけを頼りに走った。

静句が真っ先に向かったのは、唯一の接点である公園だった。夜更けの公園に人の気配はなく、噴水も止まっている。白色の街灯が芝生を照らし、無数の虫が群がっていた。

「見つけた」

漆黒の髪が、闇に溶けるように紛れていた。芝生の上に力なく座り込む姿を、静句は見逃さなかった。

足音に気づいた途端に逃げ出そうとするが、衰弱した体でまともに走ることは不可能だった。静句が追いかけると、すぐに捕まえることが出来た。

掴んだ腕は枯れ木のようで、すぐに折れてしまいそうだ。腕の中で暴れるため、静句は懇願するように呼びかけた。

「お願い、大人しくして。早く病院へ戻りましょう」

「お母さんと一緒にいるの。だって私は日向子だから。私は、お母さんの娘だから」

母と離ればなれになると直感し、発作的に病院から逃げ出したのだろう。だがなぜアパートではなく、公園を選んだのか静句にはわからなかった。心のどこかで、夕月の元に戻ることを避けたのかもしれない。

静句は努めて穏やかに話しかけた。

「うん、そうだね。わかるよ。お母さんと一緒にいたいよね」

「私がいなくなったら、お母さんはダメになっちゃう」

駄々っ子みたいに首を振る姿に、静句は涙が出そうになる。静句は大きく息を吸い込んだ。

「それが難しいことは、頭のいい君ならわかるはずだよ」

「そんなことない！」

静句は体を引き寄せ、優しく腕を回した。耳元に口を近づけ、はっきりと告げる。

「もういいんだよ。暁くん」

その直後、腕の中で息を呑むのが伝わってきた。体中を覆っていた強ばりが、ゆっくりと緩まっていく。かすかな嗚咽《おえつ》が徐々に大きくなっていき、静句の肩口が涙で濡れていく。

静句は生活安全課の先輩から、夕月逢子に子供が二人いたことを教えられた。亡き娘の下に、息子がいたのだ。娘が死亡した以上、同居しているのは息子しか考えられなかった。

夕月は以前、『私には日向子しかいない』と口にしていた。そのせいで静句は、子供が娘だけだと勘違いしてしまった。

日向子を失った時点で夕月は壊れてしまったのだろう。哀しみのあまり、亡き娘の幻影を追うようになった。そして髪を伸ばし、女児用の服を着た息子は姉と瓜二つだった。

「私は……、僕はただ、お母さんに笑ってほしくて」

夕月は、少女の格好をした暁を娘だと思い込むようになった。姉の日向子として振る舞えば、夕月は普段通りの生活に戻り、笑顔でいてくれた。だから暁は、姉の演技を続けた。

栄養失調も、姉のふりをするためだった。時間が経てば肉体は男子として育っていく。だから暁は成長を止めるため、限界まで食事を制限した。栄養が不足したせいで、九歳のはずの暁の体格は小学校低学年程度で止まっていたのだ。長袖のシャツは、異常に痩せ細った体を隠すために着ていたのだろう。

だが成長を完全に食い止めることは不可能だ。早い声変わりを迎えた暁は、これまで以上に食事を抑えた。それが原因で暁は栄養失調で倒れたのだ。

どちらが先にこの関係をはじめたのか、静句にはわからない。暁が母親を励ますために姉のふりをはじめた可能性もあるし、夕月が息子に姉の服を着せたのかもしれない。どちらが発端にしろ、母子の関係は取り返しがつかない程に歪んでしまった。

夕月からの愛情は全て姉に注がれていた。抱擁も優しい言葉も、全て亡き姉のためにあった。母の瞳に自分が映っていなくても、暁は必死に母の笑顔を願い続けた。

『朝ごはんだけは、お母さんと私と、そして』

かつて暁は涙をこらえ、そう言いかけた。そして、に続く言葉は、姉と自分の名前のどちらかだったのだろう。だが暁は、どちらも口に出来なかった。

涙はいつまでも止まらない。近くを大型車両が通過したのか、かすかに地面が揺れた。静句は何も言わず、背中をゆっくりさすり続けた。

現在　――理恵　4

エアコンの効いた店内で理恵は小さく息をついた。

露と蓮花が、窓に近いテーブル席で並んで座っている。慎哉は露たちの隣のテーブル席につき、理恵は少し離れたカウンター席で様子をうかがっていた。

蓮花は朝から露たちを尾行していたので、何も食べてないはずだった。質問しても返事がなかったが、麻野は日替わりメニューである鰯つみれと夏野菜の味噌汁をふるまった。味噌は関東でよく使われる淡色の米味噌で、野菜はザク切りの茄子、オクラ、枝豆の他に薄切りのトマトが入っていた。

旬の野菜は他の季節に比べて栄養価が高く、夏野菜は夏バテ防止にぴったりらしい。

しかし蓮花はうつむいたまま、手をつけようとしなかった。

麻野は椅子に座らず、立ったまま露を見下ろしていた。露は最初躊躇《ためら》っていたが、緊張した面持ちでことの顛末《てんまつ》の説明をはじめた。親に知られたら、全て打ち明けるという約束だったそうだ。露の指は変わらずに、蓮花の手に重ねられていた。

「数日前、蓮花ちゃんの家に電話があったの。お父さんがいない時で、かけてきたのは蓮花ちゃんのお母さんだった」

蓮花の父は娘に母親は死んだと言い聞かせてきたが、真実は異なっていた。蓮花の母親は六年前に浮気をして家を出て行ったのだ。だが蓮花はその事実に気づいていた。噂好きの近隣住民や親戚の声は、嫌でも当事者の耳に入るものだ。

電話口で母親から「会いたい」と懇願され、蓮花は困惑した。会いたい気持ちもあるが、自分を捨てた相手と対面するのが怖かった。父親には相談出来ない。そこで蓮花は親友の露に事情を打ち明けた。

最初、露は同行を提案した。蓮花はそれでも、自分を捨てたとされる母と顔を合わせるのが怖かった。だがそれと同時に、母親からの頼みを断るという選択もしたくなかった。

「そこで私が、蓮花ちゃんのふりをして会うことにしたの」

替え玉になる目的はいくつかあった。

まず、蓮花の母親が娘でないと一目で見破るか試したかった。少しでも疑いを抱いてくれれば、近くで待機する蓮花に連絡してネタを明かす手はずになっていた。実の娘なのだから、きっとすぐに見抜いてくれる。

少女たちは計画を練りながら話していたそうだが、蓮花の母はあっさり騙されてしまう。ただ、六年間も離ればなれになっていたのだから、すぐに見破ることを期待するのが酷なのは理解していた。露たちには替え玉を続ける別の目的があった。

「私は、蓮花ちゃんのお母さんがどんな人か調べようとしたんだ」

育児もせずに遊んでばかり。娘に関心がない。母親の自覚がなかった。

蓮花の耳に入る話は悪評ばかりだったが、それは一方的な噂に過ぎず、真実は違うかもしれない。

露と蓮花は頻繁に連絡を取り合い、互いの現状を報告し合っていたそうだ。玩具店での通話は麻野の考えた通り、公衆電話からかけられていた。露は二階の窓際に寄り、コンビニエンスストアにいた蓮花を視界に入れながら会話をしていたのだ。

「一目見た時から何だか不安だった。食事の時点で、間違いないって思ったんだ」

キウイを食べることは事前に決めていた。キウイアレルギーは赤ん坊の頃からなので、母親も知っているはずだった。

店選びにはクーポン雑誌を参考にしたらしい。確かにカフェの記事には、フルーツたっぷりのパンケーキの写真が掲載してあった。

露はキウイが嫌いだが、友人のためなら我慢出来た。だがキウイを食べる露に対し、蓮花の母は何も言及しなかった。

食事を終えた時点で、露は蓮花に電話をかけた。会わないほうがいい。露は蓮花にそう進言した。だが蓮花は露に、約束の品を母に渡すよう頼んだ。

「信じられなかった。渡しちゃダメだって蓮花ちゃんに言ったの。でも泣きながらお願いされたら、私に止められるわけがない」

蓮花の母親は電話口で、銀行のキャッシュカードを持ってくるよう娘に指示していた。それは蓮花の将来のために貯めていたお金で、離婚前から同じ場所に保管してあった。蓮花は要求通りにカードを手に入れ、露に預けていた。

露を偽者だと見抜けなかった。アレルギーについても覚えていなかった。カフェを出る際にわざとぶつかっても、娘だと気づいてくれなかった。

それでも蓮花は母の望みを叶えようとした。

カードを受け取った蓮花の母親は、露と一緒に銀行へ移動した。そしてATMにカードを差し込んで暗証番号を押したが、金を下ろすことが出来なかった。

「あの人は、蓮花ちゃんの誕生日を間違えて覚えていたの」

露の声は震えていた。蓮花の母親は、暗証番号が娘の誕生日であることまでは記憶していた。しかし正確な数字を忘れていたのだ。蓮花の母親はカフェで誕生日を確認する際、間違った日付を言ってきたそうだ。露はそれに対し、訂正せずに笑顔でうなずいた。

それ以降が理恵の目撃した光景だった。蓮花の母は誕生日を吐かせるため露に詰め寄り、その背後には一部始終を目撃していた蓮花がいた。

母親が、自分の誕生日を憶えていなかった。その事実を突きつけられた少女の手に、ボールペンが握られることになった。

話を終え、店内に沈黙が流れる。

「露、君は……」

「あの人は蓮花ちゃんの心を傷つけた」

麻野の発言を、露が遮った。瞳に怒りを宿し、拳を強く握りしめた。目の端に涙を浮かべながら大声で叫んだ。

「お父さん、どうして止めたの。あんなやつ、刺されちゃえばよかったんだ！」

麻野が露との距離を縮めた。次の瞬間、ごつんと大きな音がした。麻野が露の頭に、げんこつを落としたのだ。

過去　――静句　4

担当の事件を終わらせた静句は、夜明けに車を走らせていた。午前四時の空が明るさを帯びはじめる中、静句は一刻も早く睡眠を取りたいと願っていた。

念願の刑事になり、静句は忙しい日々を送っていた。警察署に泊まり込む日も少なくない。マンションの駐車場に車を滑らせ、重い足取りで建物に入る。エレベーターで自宅のある階に上り、鍵を開けてノブを引く。

「おかえりなさい」

ドアを開けると暖かな空気に包まれ、暁が笑顔で出迎えてくれた。

「待たなくていいって、いつも言ってるのに」

「試作していたら、時間が過ぎてしまったんです。今日は定休日ですから」

キッチンから香ばしい匂いが漂ってくる。食欲を刺激されるが、静句は寝室に向かった。

「もう、限界……」

暁の手料理を食べてから眠りたかったが、体が限界を迎えていた。暁は心配そうにしながら寝室まで寄り添ってくれた。静句は乱雑に服を脱ぎながら、寝間着に着替えてベッドで横になる。

「おやすみなさい、静句さん」

目を閉じると、暁が手を握ってくれた。

暁と出会った日から十四年が経過していた。結婚してからは一年目になる。あの少年と夫婦になると教えたら、当時の自分はどんな顔をするだろう。

公園で保護をした後、静句は暁に頼まれてコンビニエンスストアでハサミを購入した。注意を払いながら見つめていると、暁は突然自らの長い黒髪を切断した。それから病院へ戻る前にアパートに寄りたいと頼まれ、暁は夕月と対面することになった。しかし顔を合わせても、夕月は暁を認識しなかった。日向子はどこだと叫び、街へ飛び出そうとした。

かつて、アパートから夕月が飛び出してきた時があった。あれは暁の裸を目の当たりにした夕月が、日向子を探しに行こうとしていたためだった。だから少女の服装をした暁に声をかけられ、正常な状態に戻ったのだ。

その後、夕月の入院が決まり、暁は児童養護施設に保護されることになった。別れた夕月の夫とは連絡が取れず、実家も引き取りを拒否したためだ。

事件は静句が警察官になった一年目、十九歳の夏に起きた出来事だった。

静句は暁の様子を見るため、何度も施設へ訪れた。夕月との生活は暁に深い傷跡を残していた。その最たる症状が食事で、暁は拒食症に苦しめられることになった。長い間食事を制限してきたことで、心が体重増加を拒否したのだ。

それでも暁は心の傷を少しずつ克服し、順調に成長していった。生来の聡明さを発揮し、小学校や中学校では優秀な成績をおさめた。高校には特待生として進学することが出来た。

暁が中学を卒業した時点で、静句は二十五歳になっていた。その頃に生活安全課の刑事に抜擢《ばってき》され、暁と会う頻度も減っていった。

暁は高校を優秀な成績で卒業し、教師陣からは大学進学を勧められた。奨学金や学費免除などの制度も使えたが、暁は周囲の反対を振り切って料理人になると宣言した。専門学校には通わず現場で料理を学ぶことを選び、フレンチレストランで見習いとして働きはじめた。

暁は高校を卒業してすぐ、静句に対してアプローチをするようになった。十歳も年下で幼少時から知っている相手なのだ。最初は無視していたが、魅力的な男性に成長しつつあった暁に静句は内心で当惑していた。

暁は料理人としての実力を伸ばし、二十歳の頃には勤務先で欠かせない人材となった。それから有名店への引き抜きを経て、シェフとしての頭角を現していった。そして暁が二十二歳、静句が三十二歳の時に、とうとう根負けして交際をスタートさせた。翌年には婚姻届を提出し、暁が静句の籍に入ったことで夕月暁は麻野暁になった。

苗字を麻野にしたのは暁の希望だった。夕月姓を変えることで過去と決別するのが目的だった。それに加えて暁が言うには、静句と同じ苗字になりたかったらしい。

静句と暁の入籍に、誰よりも衝撃を受けていたのは内藤だった。内藤とは腐れ縁が続き、かけがえのない友人になっていた。

「本気でショックだ。麻野慎哉になるのが夢だったのに……」

報告すると、内藤慎哉は放心状態に陥っていた。

内藤からは十年以上口説かれ続けていたが、全て聞き流していた。我ながらひどい気もしたが、交際する女性は途切れていなかったので問題ないと思われた。現在は暁を交え、良き友人としての関係を築いている。

煮込まれた野菜の匂いで目を覚まし、時計を見ると十時半だった。夢で昔のことを思い出していた気がしたが、目を覚ました途端に忘れてしまった。あくびをしながら寝室を出ると、暁がキッチンで調理をしていた。

「おはようございます」

「おはよう」

リビングのソファに腰を沈めると、まだ全身が重かった。年々体力が落ちていくことを実感する。ここ数年、罪を犯す子供たちとたくさん触れ合ってきた。全部とは言わないが、その大半が親にも問題があった。

例えばある親は、十にも満たない子供に無理やりタトゥーを入れていた。宗教的な理由があるならまだしも、完全にファッションが目的だった。

巷《ちまた》ではMRIと呼ばれる最新の検査機器が普及しはじめている。病の発見に多大な貢献をしてくれるが、入れ墨の染料によっては検査が出来ない場合もあるという。

つまり、タトゥーを入れられた子供は適切な医療を受けられる機会が奪われたことになる。大人なら自己責任だが、子供の権利は親が守らなくてはいけない。暁に話したら、彼も悲しそうな顔を浮かべていた。

それ以外にも静句は、ネグレクトや虐待など目を覆いたくなるような惨状を目の当たりにしてきた。少しでも子供たちの助けになりたい。静句は今でもそう思いながら職務に励んでいた。

「朝ごはんにしましょう」

暁がリビングにやってきて、テーブルにお揃いの白いスープ皿を置いた。

今日の朝ごはんはポトフだった。厚切りのベーコンが入っていて食べ応えがありそうで、暁が言うにはポトフではなくポテらしい。静句は具材と一緒にスープを口に含んだ。

「うん、今日も染み渡るなあ……」

薄い琥珀《こはく》色のスープには自然の恵みが溶け出していて、胃に収めると全身に生気が浸透するような気がした。キャベツや人参、セロリなどの野菜はスプーンで切れるほど柔らかい。有機栽培だという野菜には土の匂いが残っていて、自然の甘味が感じられた。厚切りのベーコンは歯応えが心地良く、命をいただいているという実感が沸いてくる。

身体が浄化されるような感じがして、静句はため息を漏らした。どれだけ辛い事件に直面しても、暁のスープがあれば回復出来るような気がした。

スープは暁の一番の得意料理だった。フレンチにおけるスープは基本である一方、採算と手間のバランスにより作り手側から敬遠される傾向にあるらしい。しかし暁はスープに対し並々ならぬこだわりを持っていた。

静句は一度、その理由についても訊ねたことがあった。

「暁ってスープが好きなの？」

「僕にとっての原点なんです。静句さんの作ってくれた野菜スープが本当に美味しかったから、料理人の道を選んだのです。静句さんは僕の運命の人なんですよ」

あの時作ったのは、残り物の野菜と固形ブイヨンだけの簡単な代物だった。それを大事に思ってくれるのは嬉しいけれど、気恥ずかしくてたまらなかった。

静句がゆっくりとポトフを味わっていると、暁もソファの隣で同じものを食べた。

窓の向こうは薄暗く、天気は曇りのようだった。テレビは消えていて、スプーンを動かす際の音と、互いの息づかいだけが部屋にあった。

夫婦共に忙しい日々を送っているが、暁は可能な限り食事を一緒にとろうとする。その中で、特に朝ごはんを大切にしていた。

かつて暁は静句のスープを飲み、涙を流した。その時、母と姉と暁の三人で食べた朝ごはんの思い出を吐露していた。きっと暁の心にはその記憶が深く刻まれているのだ。

なぜ暁が涙を流したか、今では少しだけわかるような気がした。自分のためだけに作られた料理は、きっと味覚を越えた何かを与えてくれるのだろう。

「あなたの作ったスープが、本当に大好きだよ」

静句のつぶやきに、暁は照れくさそうに笑った。

夕月逢子の行方はわからない。だいぶ前に退院したらしいが、暁と接触しないまま姿を消した。警察の組織力を使えば見つかるはずだが、暁が望まない以上、勝手な行動を取る気にはならなかった。

スープを食べ終わり、静句は小さく息を吐いた。暁のスープを朝に食べられるのはこの上ない贅沢で、自分だけが独占するのは申し訳ない気がした。

「そうだ。暁のスープを朝に出すのはどうかな。きっと、私みたいに疲れている人たちの力になれると思うんだ」

「いいですね。やり甲斐がありそうです」

将来店を開くのは、静句と暁の共通の夢だった。暁の料理ならきっと大勢の人たちに喜んでもらえるだろう。現在はお金を貯めている段階で、出資してくれる公的な組織についても調べている最中だった。

立地については内藤が協力を申し出てくれていた。数年前に父親が急逝し、内藤は不動産の一部を相続した。最近は真面目に働くことを目標にしていて、飲食店経営について学びつつ、ソムリエの資格を取るため専門学校に通っているらしかった。内藤も暁の腕前を評価していて、所有するビルの店舗スペースを借りる約束もしてあった。

「ただ、申し訳ないんだけど、店を出すのは少し遅れちゃうかも」

暁も食事を終え、二人分の食器をシンクまで運んでくれた。ソファに戻った暁は、不思議そうに首を傾げた。

「何かあったのですか？」

「子供が出来た」

なるべく素っ気ない態度で口にする。事件が解決して署に戻る途中、静句はふと生理が遅れていることに気づいた。たまたま深夜営業の薬局があったので検査薬を購入し、署内のトイレで確認したところ陽性だったのだ。

暁はしばし茫然としてから、突然ガッツポーズをした。暁らしくない仕草に、静句は思わず噴き出しそうになる。

暁が静句に抱きつこうとするが、お腹が気になったのか直前で躊躇する。静句は小さく笑ってから、暁の胸元に頭を預けた。

しばらく抱き合った後、暁が体を離した。静句のお腹を撫で、慈しむように微笑んだ。

「この子にしてあげたいことがあるんです」

「なに？」

「僕の作ったスープを毎朝食べてほしい。最愛の人にもらった温かなスープと、家族一緒に食べる朝ごはん。この二つをこの子に与えたいんです」

お腹に添えられた暁の手に、静句は手のひらを重ねた。

「だけどもし朝ごはんの店を開いたら、この子と一緒に食べるのは難しくない？」

「……それは困りました」

暁は思案顔になるが、すぐ解決案が閃いたようだった。

「そうだ。店内で一緒に食べればいいんですよ。お客さんもこの子を暖かく受け入れてくれるような、アットホームなお店にしましょう」

笑顔を返し、再び暁にそっと寄りかかった。

自分は将来、この子に幸せを与えられるだろうか。世の中には哀しみを抱いた子供たちがたくさんいて、お腹の子もそうならないとは限らない。

　互いに相容れず、傷つけ合う家族は間違いなく存在する。親子だから無償の愛があるというのが幻想なのは、これまで静句が見てきた家族で明らかだった。もちろん、自分たちがそうならないという保証はどこにもない。

　それに突然、思いも寄らない不幸が訪れることだってあり得る。将来は不安なことばかりで、静句はたまらなく恐ろしくなる。

　それでも静句は未来を信じた。どんな困難が立ち塞がろうとも、絶対に切り拓いてみせる。そして生まれてくる我が子には、とびっきりの愛情を注ぐのだ。

　そうすればきっと、大切な人たちはいつまでも笑顔でいてくれる。雲が晴れたようで、カーテンの隙間から穏やかな光が射し込んだ。

現在　――理恵　エピローグ

　早朝のしずくで、理恵は麻野から昔話を聞いた。全て説明するという昨日の約束を、麻野は守ってくれたのだ。それは麻野の姉の死からはじまる麻野の実母、夕月逢子との哀しい記憶であり、静句との出会いの物語だった。

「もし母が当時のままなら、露を自分の娘だと認識して、自分をお母さんと呼ばせるかもしれない。そう考えてしまったのです。我ながら取り乱しました。露はそれほど僕にも姉にも似ていないのに。僕の勘違いで、余計な心配をさせてしまいました」

顔の造りこそ似ていないが、仕草や表情など露の纏う雰囲気は父親にそっくりだった。麻野が心配するのも無理はない。露が養子だという理恵の推理は、見事に的外れだった。

静句が亡くなったのは、開店の準備を進めていた三年半前の出来事だったそうだ。断念することも検討したらしいが、店を開くことは麻野と静句の夢だった。慎哉の励ましもありオープンまでこぎつけたそうだ。当初は別の店名を考えていたらしいが、亡き妻から取って『スープ屋しずく』になった。

麻野は以前、『年の差のある恋愛なんて、素敵じゃないですか』と照れくさそうに話していた。あれは自分と静句のことを思い返していたのだろう。

朝営業をはじめるまでの経緯も、麻野は教えてくれた。

スープ屋しずくの開店は三年前で、理恵が訪れた昨年秋の直前までは朝営業をしていなかった。しかし麻野は朝営業をしたいと願い続けていた。それは疲れた人のために朝食の店を開くという、静句と麻野が抱いていた共通の夢だった。

だが朝営業のためには、露と過ごす朝の時間が犠牲になる。そのため朝営業へと踏み切る決心がつかなかった。ただ露も成長し、徐々に分別がつく年齢になった。そこで麻野が相談したところ、露は快く朝営業を受け入れた。

麻野と同じ空間で、同じ時間を過ごすために、露も店で食事を摂ることになった。露は当初、客と同席することに戸惑いを見せていた。しかし今では常連客との交流を楽しんでいるそうだ。

ただ朝営業には心配なこともあった。しずくは人気店で、ランチやディナーには客がひっきりなしに訪れる。もし朝営業も混雑すると、麻野は接客に追われてしまうし、露も店にいづらくなる。そこであえて宣伝はせず、偶然と口コミだけに頼るという方針にしているそうなのだ。

慎哉が、しずくのオーナーだったことも驚きだった。ビル全部を所有しており、住居である二階も麻野に貸し出しているらしい。四十歳過ぎなのに若者みたいなファッションで、いつも女性に軽薄な台詞を口にしている遊び人のイメージしかなかった。麻野がくん付けで呼んでいるのは、慎哉のリクエストらしい。伊予も慎哉くんと呼んでいたし、理恵も同じ話をされたことがあったが、冗談だと思って聞き流していた。

今は朝八時の店内に、麻野と理恵の二人きりだった。日曜はしずくの定休日で、一緒に露を追いかけたのは昨日のことになる。

今回の騒動のお詫びとお礼として、麻野は誘拐騒動が終わった後に理恵を食事に誘ってくれた。好みの店を聞かれ、真っ先に浮かんだのがしずくだった。どんな高級店よりしずくのスープのほうが嬉しいことを告げると、困惑された後に了承してくれた。

二人の休日を照らし合わせ、早速翌日の日曜に食事ということになった。

「何時がよろしいですか？　ランチでもディナーでも、理恵さんのために腕を振るいます」

本当に食べたい時間帯は昼でも夜でもないため、理恵は返事に詰まった。だがその願いは図々しくて口に出せなかった。すると麻野は理恵の悩みを察し、こう付け加えた。

「それとも朝食にしますか？」

休日に店を開けさせ、料理をお願いするだけで厚かましいのだ。その上、早朝に押しかけるなんて厚顔無恥にも程があるが、理恵は顔を伏せながら返事をした。

「……朝でお願いします」

麻野が理恵のためだけに朝食を作ってくれる、その誘惑に勝つのは無理だった。そして理恵は日曜朝にしずくを訪れ、食事をしながら夕月逢子にまつわる全てを教えてもらうことになるのだった。

麻野が用意してくれたのは夏野菜のコンソメスープだった。金の装飾が施された平皿に、透き通った琥珀色のスープが注がれていた。

コンソメは、フランス語で『完成された』という意味になる。ブイヨンに野菜を加えて煮立たせ、卵白で灰汁を取り除き、脂肪分をお玉で丹念にすくい取ることでようやく完成する手間のかかる料理で、素材の旨味が凝縮された味わいは文字通りフレンチの完成形ともいうべきスープだった。

皿を前にすると、複雑な香気が立ち上ってきた。口に含むと、ふくよかな旨味が贅沢に広がる。メインの素材はおそらくビーフだと思われるが、何か一つが突出することなく全体を引き立て合っている。味の深さが格別で、飲み込んだ後もいつまでも余韻に浸りたい気分にさせてくれた。

これまでしずくで食べたスープの中で、最も洗練された料理だった。高級レストランと較べても遜色《そんしょく》ない程に上質だ。

しかし理恵は内心で、ほんの少しだけ物足りなさを感じていた。出来ることならしずくの朝ごはんでいつも出されるような、ホッとする温かさのスープの方が嬉しかった。

静句が初めて麻野に作ったというスープは、夏場に野菜を刻んで煮込んだものらしい。日本では固形ブイヨンが、コンソメという名称で流通している。もしかしたら、今日の料理に似ていたのかもしれない。きっと、ぬくもりを感じさせる味だったに違いない。

食べ終えてから、麻野が淹《い》れてくれたルイボスティーを口につけた。

休日の早朝はいつもより静かな気がした。思えば麻野と知り合って間もない頃にも、日曜のしずくで食事をしたことがあった。

「露ちゃんはどうしていますか？」

「昨晩から自分の部屋に篭《こも》っています。昨日のことをまだ引きずっているみたいで」

「無理もないです」

理恵は昨日の出来事を思い出す。

今でも記憶に鮮明なのが麻野のげんこつだ。「刺されちゃえばよかったんだ」と叫ぶ露の頭に、麻野がげんこつを落とした。露は涙目で、麻野は険しい表情を浮かべていた。麻野が口を開こうとすると、蓮花が声を上げた。

「やめてください」

蓮花は訴えかけるような視線で麻野を見上げた。

「露ちゃんは、私のためを思って言ったんです。だから怒らないであげてください」か細い声だったけれど、強い意志がこめられていた。露は蓮花に抱きつき、「ごめんね」と「ありがとう」を繰り返した。麻野はため息をついてからいつもの穏やかさを取り戻し、腰をかがめて目線の高さを蓮花に合わせた。

「君みたいな子が、露の友達でいてくれて嬉しいよ。これからも仲良くしてあげてね」

蓮花が大きく首を縦に動かす。麻野は蓮花に微笑んでから露に向き直った。

「どうしてげんこつをされたか、わかるかな」

唇を噛みながら、露が小さくうなずいた。

「私のせいで、蓮花ちゃんは余計に傷ついた」

「そうだね。それに露の行動のせいで、蓮花ちゃんは危うくお母さんを傷つけるところだった。それはすごく不幸なことだ」

露はうつむいて、唇を強く噛んでから口を開いた。

「間違っていたことくらい知ってる。もっとうまい方法が……、ちゃんと大人に相談して、勝手な行動を取らないほうがよかったことくらい、私にだってわかる。でも……」

露の両目から大粒の滴《しずく》がこぼれる。ずっと耐えていたのだろう。どんどん涙が溢れてきた。

「それでも私は、蓮花ちゃんの力になりたかった」

今度は蓮花が、露の手を握りしめた。二人を見つめながら、麻野が口を開いた。

「露がどんな気持ちでいたか、よくわかるよ。お母さんも、悲しい気持ちでいる人たちの助けになるために一生懸命だったから」

麻野が再び、露の頭に手を伸ばした。今度はげんこつではなく、手のひらで優しく撫でた。さっき殴ったばかりの手を受け入れる露に、親子の信頼の強さを感じた。

「露は本当に、お母さんそっくりだね」

泣きじゃくる露の頭を、麻野は撫で続けた。

理恵はその様子を眺めながら、麻野への気持ちに気づいた。ずっと引っかかっていた感情の正体がわかったのだ。

その後蓮花は空腹を思い出したのか、目の前の味噌汁に視線を落としはじめた。だが周囲の雰囲気に気後れしたのか、手を出さずにいた。

「お父さん、温めなおしてきてもらっていいかな」

露に言われ、麻野が木製のお椀を厨房に運んだ。戻ってきた時には、味噌汁に湯気が立ち上っていた。

「どうぞ。熱いから気をつけてね」

麻野に勧められ、蓮花はお椀を両手で包み込んだ。

「いただきます」

大きめのお椀に口をつけてすぐ、蓮花が笑みを浮かべた。

「これ、すっごく美味しいです！」

「ありがとう。お替わりはたくさんあるからね」

それから蓮花は食事を続け、食べ終えたところで蓮花の父親が店にやってきた。事情を話し、迎えに来てもらったのだ。麻野はキャッシュカードを返却し、露の取った行動を謝罪していた。

蓮花の父も、娘と元妻の行動について何度も頭を下げていた。元妻に対しては弁護士を通じて警告を出すつもりらしい。麻野は蓮花のケアをお願いし、親子は手を繋いで帰っていった。それに合わせ、理恵も店を後にした。大雨の過ぎ去った空には、突き抜けるような青色が広がっていた。

「ご満足いただけましたか？」

声をかけられ、理恵は物思いに耽《ふけ》っていたことに気づいた。

「素敵な時間をありがとうございます」

返事をしたところで、厨房から覗き込む人影を発見した。露がじっと麻野たちを観察していたのだ。理恵の視線に気づくと慌てて隠れようとする。

「露ちゃんも、こっちに来ない？」

呼びかけると、露が恐るおそるフロアにやってきた。向かい合って座る麻野たちを見比べてから、理恵の隣に腰かける。露は目の周りを赤く腫らしていた。

「食べられそうかな」

露がうなずいたので、麻野が立ち上がり厨房に消えていった。

「お父さんも、朝ごはんを食べた？」

麻野が席を離れている間に露が訊ねてきた。質問の理由を聞き返すと、何と麻野は昨日の夕食を抜いたというのだ。それはげんこつという暴力を振るったことへの自分に対する罰だった。麻野もスープを口にしたことを教えると、露は安堵したように深く息を吐いた。

「ねえ、露ちゃん。聞いていいかな？」

露は首を傾げて、理恵の瞳に視線を合わせてきた。

「お父さんが朝に店を開いていることを、露ちゃんはどう思ってる？」

露は少しの沈黙の後、自分で納得するように小さくうなずいた。

「朝営業は、お母さんとお父さんがずっとやりたかったことなの。だから、出来るだけ続けてほしいと思ってるよ」

「寂しくない？」

朝営業がなければ、二人でゆっくり食事をとれるはずだ。露はスープに視線を落としてから、首を横に振った。

「お父さんが料理をしている姿が好きだから、寂しくないよ。最初は少し不安だったけど、今は理恵お姉ちゃんや伊予お姉ちゃん、三葉お姉ちゃんたちが来てくれるから賑やかで面白いって思っているんだ」

露は屈託のない笑顔で答えてくれた。

理恵は改めて店内を見渡した。木材を基調にした店内は温かみがあり、白色の壁は清潔感を生み出している。煮込まれた香味野菜と肉の香りが食欲を刺激してくれて、オフィス街にありながら心地よい静寂に包まれていた。

しずくの温かな空気はきっと、静句の優しさが受け継がれたものなのだろう。

静句の気持ちを思うと、理恵は胸が締めつけられる。もっと麻野や露たちと一緒に過ごしたかったはずだ。

「お待たせ」

コンソメスープを盛りつけた皿を、麻野がテーブルに置いた。露が金属製のスプーンを手に取り、スープを口に含む。普段とは違う緊張感に充ちた味に驚いたようだが、露はすぐに笑顔をこぼした。麻野が目を細め、その様子を見守っていた。

露を見守る麻野の眼差しが好きだと、理恵はふいに思った。

やはり麻野のことが好きだと、理恵は自分の気持ちを再確認した。そして同時に、露のことも、同じくらい愛おしいと感じていた。

理恵は昨日、自分の気持ちにようやく気づいた。

これまでの恋愛には、ときめきや楽しさなどの刺激を求めていた。でも今の気持ちは違っていた。麻野と露は互いを思いやり、心から信頼し合っている。二人が寄り添う姿を見ていると、理恵まで温かな気持ちになった。そんな二人と同じ時間を共有出来たら、どんなに幸福なことだろう。

この親子と家族になりたい。

それが理恵の抱いた願いだった。

窓から入り込む朝の光が、しずくの店内を照らした。今はまだ、自分の居場所はない。でも、いつかきっと。二人を眺めていると、理恵は穏やかな気持ちでそう思えた。

〈主要参考文献〉

『辰巳芳子　スープの手ほどき　和の部』辰巳芳子著　文藝春秋
『辰巳芳子　スープの手ほどき　洋の部』辰巳芳子著　文藝春秋
『スープ大全―フランス料理の出発点 歴史ある技術と新しい味を一冊で』　旭屋出版
『毎日役立つ　からだにやさしい　薬膳・漢方の食材帳』薬日本堂　実業之日本社
『みんなの朝食日記　ふつうの毎日、ふつうの朝食。』ＳＥ編集部　翔泳社
『毒になる親　一生苦しむ子供』スーザン・フォワード著　玉置悟訳　講談社
『母がしんどい』田房永子著　中経出版
『拒食症・過食症を対人関係療法で治す』水島広子著　紀伊國屋書店

初出
「つゆの朝ごはん第一話　ポタージュ・ボン・ファム」『このミステリーがすごい！』大賞作家書き下ろしBOOK vol.3』二〇一三年一一月
「つゆの朝ごはん第二話　ヴィーナスは知っている」『『このミステリーがすごい！』大賞作家書き下ろしBOOK vol.4』二〇一四年二月
「つゆの朝ごはん第三話　ふくちゃんのダイエット奮闘記」『『このミステリーがすごい！』大賞作家書き下ろしBOOK vol.5』二〇一四年五月
「つゆの朝ごはん第四話　日が暮れるまで待って」『『このミステリーがすごい！』大賞作家書き下ろしBOOK vol.6』二〇一四年八月
「わたしを見過ごさないで」書き下ろし

宝島社
文庫

スープ屋しずくの謎解き朝ごはん
（すーぷやしずくのなぞときあさごはん）

2014年11月21日　第1刷発行
2024年1月2日　第19刷発行

著　者　友井 羊
発行人　蓮見清一
発行所　株式会社 宝島社
〒102-8388　東京都千代田区一番町25番地
電話：営業 03(3234)4621／編集 03(3239)0599
https://tkj.jp

印刷・製本　中央精版印刷株式会社

ISBN 978-4-8002-3413-1

『このミス』大賞シリーズ

友井 羊 宝島社文庫『スープ屋しずく

スープ屋しずくの謎解き朝ごはん

スープ屋しずくの謎解き朝ごはん
今日を迎えるためのポタージュ

スープ屋しずくの謎解き朝ごはん
想いを伝えるシチュー

スープ屋しずくの謎解き朝ごはん
まだ見ぬ場所のブイヤベース

スープ屋しずくの謎解き朝ごはん
子ども食堂と家族のおみそ汁

スープ屋しずくの謎解き朝ごはん
心をつなぐスープカレー

スープ屋しずくの謎解き朝ごはん
朝食フェスと決意のグヤーシュ

定価715～730円（税込）

宝島社 お求めは書店で。 宝島社 検索